QUE SUR TOI SE LAMENTE LE TIGRE

Crédits iconographiques

P. 11 : *Portrait photographique d'Emilienne Malfatto* par Kaswar Mustafa.
© Kaswar Mustafa

P. 15 : *Photographie de la vieille ville de Mossoul le 8 janvier 2018* par Ahmad Al-Rubaye pour l'AFP.
© Ahmad Al-Rubaye / AFP

P. 19 : *Photographie du lever du soleil à Bagdad, avec le pont Sarafia et le Tigre* par Rasool Ali.
© Rasool Ali / Shutterstock

P. 20-21 : Cartes de la Mésopotamie et de l'Irak par Guillaume Balavoine.
© Flammarion

P. 45 : Statue assyrienne de Gilgamesh datant du VIIIe siècle av. J.-C.
© Collection Dagli Orti / Musée du Louvre Paris

P. 51 : *Des photos d'identité d'une famille yazidie sont étalées sur le sol d'une maison de Sinuni, au nord du Mont Sinjar, à la frontière Irak-Syrie*. Photographie prise par Emilienne Malfatto à Sinuni, Irak, le 1er septembre 2019.
©Emilienne Malfatto

P. 170 : Affiche du film *Mustang*.
© Cg Cinema / Canal + / CNC / Everett / Aurimage

P. 171 (haut) : Dessin de presse par Jiho.
© Jiho

P. 171 (bas) : Dessin de presse par Bousiko.
© Boursiquot Jerry

P. 172 : Dessin de presse par Mana Neyestani, extrait de l'ouvrage *Tout va bien !*
© Arte Éditions et Éditions çà et là

ISBN : 978-2-0802-6660-6
ISSN : 1269-8822

N° d'édition : L.01EHRN000705.N001
Dépôt légal : juin 2022
Imprimé par CPI Black Print (Barcelone)

ÉTONNANTS • CLASSIQUES

QUE SUR TOI SE LAMENTE LE TIGRE

Emilienne Malfatto

Appareil pédagogique
par Laure Humeau-Sermage,
professeure de lettres

Flammarion

SOMMAIRE

TOUT POUR COMPRENDRE

Pages 9 à 54

QUE SUR TOI SE LAMENTE LE TIGRE

TOUT POUR RÉUSSIR

TOUT POUR COMPRENDRE

DÉCOUVRIR
LE CONTEXTE
+
L'ŒUVRE

BIOGRAPHIE

Photoreportrice et autrice

Emilienne Malfatto est une journaliste et photographe, et une romancière et essayiste qui ne cesse de parcourir le monde, du Moyen-Orient à l'Amérique du Sud en passant par l'Europe.

➤ Le parcours d'une journaliste photoreportrice

Née en 1989, elle fait des études en France et en Colombie, puis de journalisme à l'Institut d'études politiques de Paris, dont elle sort diplômée en 2013. En 2013, elle entre à l'Agence France-Presse (AFP). Elle travaille notamment au bureau Moyen-Orient-Afrique du nord basé à Chypre et se rend en Irak alors en guerre. Quelques mois plus tard, elle s'installe dans le nord de l'Irak en tant que **journaliste et photojournaliste indépendante**. Elle couvrira alors la guerre **contre l'organisation État islamique (EI) pendant près de deux ans**.

Entre 2015 et 2021, Emilienne Malfatto travaille pour de grands journaux français et étrangers comme le *Washington Post*, qui lui commandent des reportages, tout en menant à bien des projets personnels qui font l'objet d'expositions. Salués par la critique, ces travaux s'intéressent souvent à des enjeux politiques d'actualité. C'est le cas du reportage « Dernière escale avant la mer[1] », réalisé en 2015 et consacré aux migrants qui cherchent à gagner l'Eldorado européen, et de la série photographique « Cent jours de thawra[2] », qui montre la « révolution » de la société civile contre le système politique irakien dysfonctionnel et corrompu en 2020. Mais ils portent aussi sur la vie quotidienne en Irak. Son projet photographique « Al-Banaat[3] » (« Les filles » en arabe) est un « voyage intime à travers le monde de deux petites sœurs[4] » vivant dans une région rurale du sud de l'Irak, où une formation parlementaire a proposé d'abaisser l'âge légal du mariage à 9 ans pour les filles chiites. « Le dernier Éden » (2021) montre la vie des habitants des marais de Mésopotamie, et « Fallen Angels » (« Anges déchus » en anglais) témoigne du trauma collectif de la communauté yezidie[5] du Sinjar, dans le nord-ouest de l'Irak.

1. La photographe reçoit pour ce travail le prix France Info-XXI qui récompense des journalistes de moins de 30 ans pour un article non paru.
2. Travail exposé au festival Visa pour l'image à Perpignan durant l'été 2020.
3. Reportage distingué par le Grand Prix de la photographie documentaire de l'IAFOR, ainsi que par une mention honorable du prix de la photo de l'année organisé par l'Unicef et du prix Marilyn Stafford (mention honorable).
4. iaforphotoaward.org/grand-prize-emilienne-malfatto/ (traduit de l'anglais).
5. Les **Yézidis** sont une minorité ethnique vivant aujourd'hui dans les territoires du nord de l'Irak. En août 2014, ils ont été victimes d'un génocide par l'État islamique, déterminé à éradiquer les influences non islamiques.

➤ « Une raconteuse d'histoires [1] »

En septembre 2020, elle publie son premier roman, *Que sur toi se lamente le Tigre*[2], dans une maison d'édition franco-tunisienne, Elyzad. Mention spéciale des lecteurs du prix Hors Concours[3] 2020, finaliste du prix Régine-Deforges[4] 2021, ce récit a été récompensé en 2021 par le prix Goncourt du premier roman, le prix Arte Mare de la première œuvre, le prix Hors Concours des lycées et le prix du Roman Métis des lecteurs de Saint-Denis de La Réunion.

En juin 2021, elle fait à nouveau l'actualité en publiant un essai d'investigation, intitulé *Les serpents viendront vers toi* et publié aux Arènes. Elle y expose son enquête sur l'assassinat d'une femme engagée socialement, dans une région montagneuse de Colombie rongée par la violence des narcotrafiquants et des groupes armés. L'ouvrage, qui rend hommage à la force et à la détermination des femmes, reçoit en novembre 2021 le prestigieux prix Albert-Londres[5] du Livre.

....

1. C'est ainsi qu'Emilienne Malfatto se définit dans l'entretien exclusif qu'elle a accordé à la collection (p. 182-184).
2. Le **Tigre** est un fleuve de Mésopotamie, long de 1 900 km, qui prend sa source dans les monts du Taurus, en Turquie, puis parcourt la Syrie et l'Irak du nord au sud jusqu'au golfe Persique en passant par les villes de Mossoul et de Bagdad (voir cartes, p. 20-21).
3. Ce prix récompense la meilleure parution de littérature adulte et francophone contemporaine issue de l'édition indépendante.
4. Ce prix littéraire, qui distingue une première œuvre littéraire écrite par une autrice ou un auteur francophone, a été créé en 2015 en l'honneur de l'écrivaine et éditrice Régine Deforges.
5. **Le prix Albert-Londres** – du nom du célèbre reporter du début du XXe siècle – met en valeur les meilleurs travaux de journalistes de l'année dans trois catégories : livre, presse écrite et audiovisuel.

CONTEXTE HISTORIQUE

L'Irak contemporain

Le roman d'Emilienne Malfatto plonge le lecteur en Irak, pays que la journaliste connaît bien, où elle a vécu et travaillé et dont elle parle la langue. Au fil de la narration se dessine l'histoire de ce pays marqué par « des décennies de violences : dictature, invasion, guerre civile, attentats, enlèvements, prévarication[1], oppression au nom de l'État ou de la religion[2] ».

➤ « *Depuis longtemps les hommes [...] ont pris goût au désastre* » (p. 97)

En 1980, l'invasion de l'Iran par les troupes du dictateur irakien Saddam Hussein, soutenu *de facto* par de nombreux pays occidentaux dont la France, déclenche une guerre qui va durer huit ans et faire près de 800 000 morts : l'Irak devient « un pays de mutilés, d'ensanglantés, un pays d'ombre et de fantômes » (p. 80). Dans le récit d'Emilienne Malfatto, ce conflit est évoqué à travers le personnage du père de Mohammed, l'amant de la narratrice, détruit physiquement et psychologiquement : il « avait perdu un bras sur le front iranien [...]. Il restait assis des heures face au mur, plongé dans ses pensées » (p. 99).

1. **Prévarication** : manquement grave aux obligations d'une charge, d'un mandat, d'une fonction.
2. Emilienne Malfatto, www.visapourlimage.com/festival/expositions/irak-cent-jours-de-thawra.

« *[La] folie des hommes* » et « *[la] vanité [qui les] condui[t] à la ruine* », dont se désole la voix légendaire du fleuve Tigre (p. 65), s'illustrent à nouveau dans la **guerre du Golfe**, qui se déroule **entre 1990 et 1991**, lorsque **l'Irak envahit le Koweït : la communauté internationale réagit militairement et impose de sévères sanctions au pays de Saddam Hussein**. Les États-Unis et vingt-sept de leurs alliés lancent l'opération militaire « Tempête du désert ». Les combats et l'embargo[1] impactent fortement la population civile : ils feront plusieurs dizaines de milliers de morts. Les destructions matérielles affaiblissent durablement le pays. C'est ce dont témoigne la narratrice dans le récit d'Emilienne Malfatto ; la description de l'hôpital où elle se rend avec sa belle-sœur Baneen au début du drame montre le dénuement du système de santé : « Tout y est sale », les « cloportes [...] filent entre les bancs. [...] Le drap [est] sale, taché de sombre [...]. Dans un coin, une vieille femme [est] allongée, sans un mot, sans un bruit. Comme si elle était en train de mourir sans déranger personne » (p. 72).

➤ « Comme si la terre d'Irak avait encore soif de mort, de sang, d'innocence » (p. 64)

Trois ans plus tard, en **2003**, ce pays affaibli est le théâtre d'un nouveau conflit. En effet, George W. Bush, président des États-Unis, est convaincu que l'Irak fait partie de « l'axe du mal », expression qui désigne les pays accusés d'avoir favorisé les attentats terroristes du 11 septembre 2001. **Sous le prétexte fallacieux de prétendue possession d'armes chimiques, une nouvelle coalition menée par les États-Unis envahit l'Irak et arrête Saddam Hussein.** S'ensuit alors une **longue période d'instabilité et d'occupation** du pays par l'armée américaine, jusqu'en décembre 2011.

1. L'embargo dure treize longues années de 1990 à 2003.

Photographie de la vieille ville de Mossoul le 8 janvier 2018
par Ahmad Al-Rubaye pour l'AFP.

Dans *Que sur toi se lamente le Tigre*, la narratrice évoque cet épisode de l'histoire de son pays, qui correspond à son enfance. Le récit décrit la violence qui règne alors. La capitale – « *splendeur* », « *ville de la paix* » où « *palmiers et palais frôlaient [le] flot [du Tigre]* » – devient une « *cité de guerre, de béton et de sang* » (p. 101), ravagée par une violente rivalité entre sunnites et chiites[1] et par la présence humiliante des troupes américaines. L'héroïne se souvient que, alors

....

1. Le 22 février 2006, un attentat contre le sanctuaire Al-Askari à Samarra, un des hauts lieux saints du chiisme irakien, provoque une vague de représailles et le début d'une guerre civile entre les groupes sunnites et chiites. Les **sunnites** et les **chiites** représentent deux courants de l'islam : leurs différends religieux – qui remontent à la mort de Mahomet et portent sur sa succession – se doublent au début du XXIe siècle d'un conflit politique en Irak : les États-Unis, après avoir

qu'elle avait neuf ans, son père l'a emmenée voir les bouquinistes à Bagdad : les deux personnages sont alors témoins d'un attentat à la voiture piégée, dont l'horreur est décrite comme un cataclysme – « l'univers a explosé. Le monde est devenu noir, rouge » (p. 79). La présence impopulaire de l'armée américaine est évoquée à travers un autre souvenir. La narratrice a dix ans et la famille a décidé de quitter Bagdad pour le sud du pays : « Toutes les heures, parfois plus, parfois moins, un barrage des Américains ou de l'armée nous faisait ralentir, arrêter. Les hommes sortaient mains sur la tête, les femmes restaient groupées. [...] À un barrage, un soldat blond a crié sur les hommes dans une langue étrangère. La gueule noire de son arme nous toisait. Il les a fait mettre à genoux, pour le plaisir, pour l'humiliation » (p. 103).

démis le sunnite Saddam Hussein, favorisent l'accession au pouvoir des chiites. Une guerre civile violente déstabilise le pays pendant plusieurs années.

➤ « *Je traverse des champs de ruines* » (p. 77)

Après le retrait de l'armée américaine en décembre 2011, le pays connaît une brève période d'accalmie, un bref moment de « paix, avant que la guerre ne recommence à dévorer l'Irak » (p. 107) ; mais la **situation économique est très fragile** et les hommes sont désœuvrés – « Ils travaillaient parfois dans des cafés, sur des chantiers. Le travail était rare, les hommes [...] dormaient tard puis tuaient le temps en dominos. Le soir, ils marchaient sur les rives du fleuve pendant des heures » (p. 108).

Une guerre civile éclate en juin 2014, lorsque **les djihadistes de l'organisation État islamique en Irak et au Levant (EIIL, plus tard connue sous la seule appellation d'État islamique, EI), venus principalement de la Syrie voisine déchirée par un conflit sanglant, s'emparent d'une partie de l'ouest de l'Irak et imposent un califat**[1] qui s'étend dans le nord-ouest du pays. Ils trouvent des relais locaux dans certains groupes insurgés déjà présents dans les villes de Falloujah et Ramadi (ouest), par exemple. L'expansion rapide et violente de l'organisation État islamique provoque en août 2014 la formation d'une **nouvelle coalition internationale menée par les États-Unis** – « anciens adversaires [qui] aidaient cette fois à combattre l'ennemi nouveau » (p. 89) – qui fournissent un appui aérien – « [d]e gros insectes sourds, insaisissables » qui « frappaient de très haut, dans le ciel, blessant l'azur avec leurs bombes et leur acier » (p. 89) –, des armes et de l'entraînement aux forces armées irakiennes. Des centaines d'Irakiens de toutes confessions – en majorité sunnites et chiites – et toutes appartenances ethniques – Kurdes, Arabes... – prennent les armes pour lutter contre l'expansion du califat. Parmi eux, notamment, des milices chiites – les « hommes aux bandeaux verts »

....

1. **Califat** : régime où les pouvoirs politiques et religieux sont unis ; le terme désigne aussi le territoire sur lequel s'exerce ce régime de l'EEIL.

(p. 82) équipés de « kalachnikovs » défendant le « drapeau émeraude, lisse, brillant » de l'Irak (p. 82) – se rassemblent également pour lutter contre les combattants de l'État islamique et leurs alliés sunnites. C'est dans ces groupes armés chiites que s'engagent les hommes qui entourent la narratrice de notre roman.

À partir de la fin de l'année 2015, les forces irakiennes soutenues par la coalition reprennent les principales villes conquises par l'État islamique, au prix de nombreuses victimes : c'est là qu'Amir, le frère de la narratrice, devient boiteux après « qu'une balle lui a traversé la jambe, sur le pont de Tikrit » (p. 93) et que Mohammed, l'amant de la narratrice, meurt à Mossoul.

La voix du Tigre témoigne de cette guerre terrible : « *Khorsabad, Ninive. Mossoul*[1]. *Je traverse des champs de ruines. Dans la grande ville du nord, je longe des maisons détruites. Un géant a piétiné les quartiers. Ici même les pierres ont souffert. Le béton a hurlé, le métal gémi. La cité des hommes est devenue une fourmilière dévastée, amas de gravats sur le point de s'écrouler dans mes flots. Les hommes en noir n'ont laissé que cendres derrière eux* » (p. 77).

Le roman d'Emilienne Malfatto s'inscrit donc dans un contexte historique complexe et violent. L'image des colombes que l'amant de la narratrice Mohammed lâche en quittant Bagdad, la capitale, peut être lu comme symbolisant la difficulté à instaurer la paix : « Avant de partir, il avait ouvert la cage des colombes, sur le toit. Ses oiseaux n'avaient pas voulu sortir » (p. 102).

....

1. **Mossoul** : deuxième ville d'Irak par son importance, chef-lieu de la province de Ninive. Gangrenée par la violence depuis des années, elle est prise en juin 2014 par l'organisation État islamique. Le leader de l'EI, Abou Bakr al-Baghdadi, s'y proclame calife (chef spirituel et politique), et Mossoul devient la « capitale » irakienne de l'État islamique, jusqu'à sa reprise par les forces armées irakiennes en 2017, après des combats et des bombardements qui l'ont presque entièrement détruite.

***Photographie du lever du soleil à Bagdad, avec le pont Sarafia et le Tigre* par Rasool Ali.**

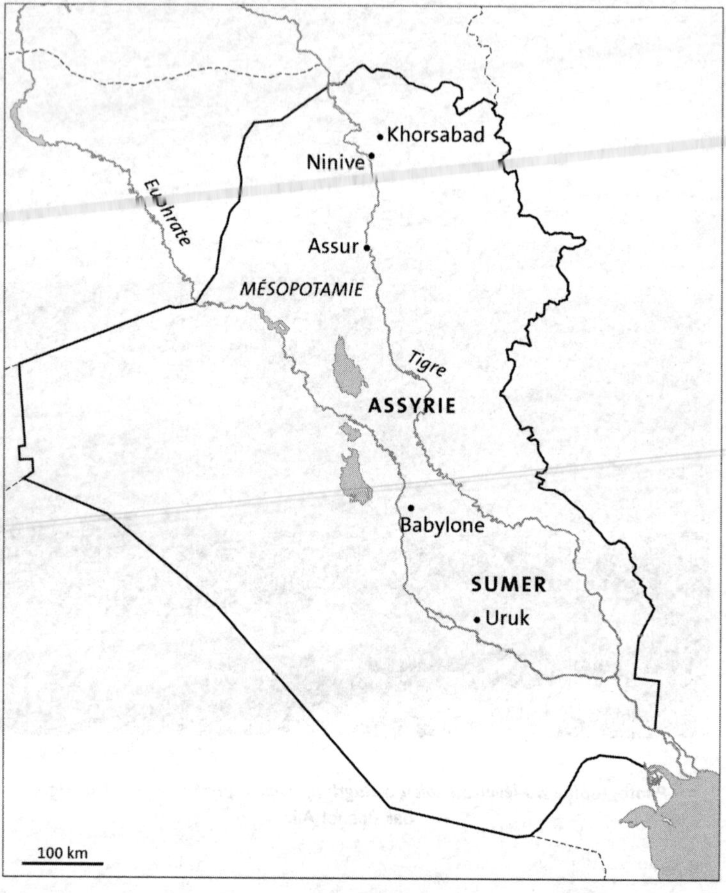

Carte de la Mésopotamie.

Carte de l'Irak.

CONTEXTE CULTUREL

Faire entendre la voix des femmes

➤ La condition des femmes : une réflexion contemporaine

Le récit d'Emilienne Malfatto s'inscrit dans la veine d'une **littérature engagée qui participe aux grands débats de la société contemporaine**, dont celui sur la condition des femmes. Si le combat féministe [1] et la revendication des droits des femmes ne datent pas d'aujourd'hui, on observe depuis quelques années, en Occident en particulier, une prise de conscience générale des inégalités entre les hommes et les femmes et de la brutalité des rapports entre les deux sexes. L'origine en est notamment le mouvement #MeToo, né en 2017 après l'affaire Weinstein, du nom d'un producteur hollywoodien accusé d'agressions sexuelles et de viols sur plusieurs dizaines de femmes. Cette affaire favorise et accélère, *via* les réseaux sociaux, la libération de la parole des femmes victimes. Elle éveille les consciences et fait réfléchir à la domination masculine et aux violences faites aux femmes dans la sphère privée et dans la sphère publique.

Cette réflexion investit dès lors tous les champs des arts. Alors que la *Déclaration des droits de la femme et de la citoyenne* d'Olympe de Gouges, grande figure féministe du XVIIIe siècle, est inscrite au programme du baccalauréat, les **essais** féministes investissent les

1. Le **féminisme** est un mouvement revendicatif ayant pour objet la reconnaissance ou l'extension des droits de la femme dans la société.

rayons des librairies pour inciter à une réflexion sur la condition féminine : citons par exemple *Sorcières*, ouvrage de la journaliste et essayiste suisse Mona Chollet, paru en 2018, ou *La Révolution féministe* de la militante Aurore Koechlin, paru en 2019. La forme du **témoignage** semble aussi féconde pour susciter une prise de conscience, et nombreux sont les récits autobiographiques de femmes au parcours engagé parus récemment : citons *Ma vie sur la route. Mémoires d'une icône féministe*, de la journaliste américaine Gloria Steinem, paru en 2019, et *Une farouche liberté* de Gisèle Halimi, que l'avocate défenseuse des droits des femmes a coécrit avec Annick Cojean en 2020. La forme de la **bande dessinée** ou du roman graphique, par des femmes sur les femmes, se développe et connaît un grand succès : ainsi le dixième volume de la série *Culottées* de Pénélope Bagieu, paru en 2020, a reçu le prestigieux Eisner Award, prix américain récompensant la meilleure bande dessinée étrangère ; *Radium Girls* de Cy, paru en 2020, en sélection Prix BD Fnac France Inter 2021, et les romans graphiques de Catel et Bocquet consacrés à Olympe de Gouges, Joséphine Baker ou Alice Guy mettent en lumière et à la portée de tous le parcours de femmes qui ont conquis leur place dans la société.

Le **cinéma, entre biopic et fiction**, permet lui aussi de faire sortir de l'oubli des femmes qui ont lutté pour l'égalité homme-femme[1] : citons *Les Suffragettes* de Sarah Gavron, sorti en 2015, qui relate le combat des militantes britanniques en 1912-1913 pour le droit de vote ; *Battle of the Sexes* de Jonathan Dayton et Valerie Faris, sorti en 2017, qui retrace le parcours de la joueuse de tennis américaine Billie Jean King, ou encore *Une femme d'exception* de Mimi Leder, sorti en 2018, qui dresse le portrait de Ruth Bader Ginsburg, grande avocate

....

1. Les recommandations de lecture, p. 175, donnent encore d'autres exemples d'œuvres sur ce thème.

américaine. Plus récemment, en 2020, c'est par le biais de courts-métrages réunis dans la série inspirée de faits réels et intitulée *H24*, diffusée sur Arte, que des réalisatrices dénoncent les violences faites aux femmes.

➤ Des fictions féministes

Le **recours à la fiction** est l'une des manières de représenter la condition des femmes, de dénoncer leur soumission et de dire leurs souffrances. Ces dernières années, en France, des œuvres de **romancières** connues font la part belle à la voix des femmes, comme Emilienne Malfatto le fait avec la narratrice de son récit, et montrent la réalité de la condition féminine hier ou aujourd'hui, que ce soit en France, en Afrique ou au Moyen-Orient, par exemple. On pense au roman de Maryse Condé, *Moi, Tituba sorcière*..., paru en 1986, qui raconte le destin terrifiant, au XVIe siècle, d'une jeune esclave victime de la domination et de la violence des hommes [1]. Djaïli Amadou Amal, autrice des *Impatientes*, paru en 2020 et ayant reçu le prix Goncourt des lycéens la même année, compose un roman polyphonique, où se mêlent les voix de trois femmes africaines : chacune d'elles, à sa manière, se rebelle contre sa condition, contre les mariages forcés, la polygamie et contre le maître mot auquel leur existence se résume : la patience [2].

➤ Le témoignage d'une réalité universelle

La fiction permet de donner la parole à celles que la société fait taire. *Que sur toi se lamente le Tigre* témoigne ainsi de la **réalité de la condition féminine aujourd'hui dans le monde**, et en Irak en particulier. Cette **tradition patriarcale** [3] qui soumet les femmes, les

1. Voir « Groupement de textes », p. 141.
2. Voir « Groupement de textes », p. 144.
3. **Patriarcale** : fondée sur la puissance et l'autorité paternelles.

dépossède de leur vie et de leur corps et s'arroge le droit de les tuer est présente dans toutes les sociétés : médias et associations se font l'écho de féminicides ici [1] et ailleurs – un article récent de l'organisation non gouvernementale Human Rights Watch daté de 2020 le montre (p. 153) –, ou du mépris avec lequel les hommes considèrent parfois les femmes – comme dans certains dessins de presse (p. 171) qui réclament plus d'égalité entre les hommes et les femmes.

En donnant la voix à plusieurs personnages féminins et masculins, le texte d'Emilienne Malfatto fait entendre celles et ceux qui, comme la plupart des gens dans le monde, sont « pris » dans un système et ne peuvent se révolter contre leur condition – de dominant ou de dominé. *Que sur toi se lamente le Tigre* révèle donc la condition de ces femmes dont la vie se déroule « derrière des murs et des voiles » (p. 104). Tandis que la narratrice, sans prénom, est rejetée par sa famille dans l'oubli au moment de sa mort – « on jettera des pelletées de sable sur son corps et sur son souvenir, on l'oubliera au vent du désert et aux pluies de décembre, jusqu'à ce que tous, nous puissions prétendre qu'elle n'a jamais été » (p. 122) –, **la littérature, en lui donnant la parole, la transforme en symbole vivant et vivace de toutes les femmes dépossédées de leur voix**, de leur corps et de leur vie.

1. 113 féminicides recensés en France en 2021, soit près d'une femme tuée tous les trois jours.

EN UN COUP D'ŒIL

Chronologie

1980-1988 : guerre entre l'Iran et l'Irak.

1989 : naissance d'Emilienne Malfatto.

1990-1991 : guerre entre le Koweït et l'Irak.

Mars 2003 : invasion de l'Irak par les Américains et chute de Saddam Hussein.

Février 2006 : début de la guerre civile en Irak entre milices sunnites et chiites.

30 décembre 2006 : pendaison de Saddam Hussein.

31 décembre 2011 : fin officielle de l'occupation américaine en Irak.

2013 : Emilienne Malfatto est diplômée de l'école de journalisme de l'Institut d'études politiques de Paris. Elle entre à l'Agence France Presse (AFP).

Juin 2014 : proclamation à Mossoul du califat de l'organisation État islamique.

Août 2014 : frappes aériennes contre l'organisation État islamique, engagées par une coalition internationale menée par les États-Unis et soutenues au sol par l'armée irakienne et des milices chiites.

2014 : Emilienne Malfatto est journaliste au bureau AFP du Moyen-Orient basé à Chypre.

2015 : elle quitte l'AFP et se lance comme photographe et journaliste indépendante, basée dans le nord de l'Irak.

2017 : l'organisation État islamique perd Mossoul et la quasi-totalité de ses territoires en Irak[1].

2019 : Emilienne Malfatto reçoit le Grand Prix de la photographie documentaire de l'IAFOR pour le projet photographique « Al-Banaat ».

Janvier 2020 : elle couvre la « Révolution » irakienne pour le *Washington Post* ; reportage « Cent jours de thawra », exposé à Visa pour l'Image.

Septembre 2020 : publication du roman *Que sur toi se lamente le Tigre* aux éditions franco-tunisiennes Elyzad.

Mai 2021 : prix Goncourt du premier roman pour *Que sur toi se lamente le Tigre*.

Août 2021 : le reportage sur les marais de Mésopotamie en Irak, intitulé « Le dernier Éden » est présenté à la manifestation « Les femmes s'exposent » à Houlgate, dans le Calvados.

Septembre 2021 : publication de l'enquête *Les serpents viendront pour toi* aux éditions Les Arènes.

Octobre 2021 : exposition au Festival international de photojournalisme de Saguenay, au Canada – Zoom Photo Festival –, du reportage intitulé « Fallen Angels » consacré au peuple yézidi du Sinjar dans le nord de l'Irak.

Novembre 2021 : prix Albert-Londres 2021 du Livre, pour *Les serpents viendront pour toi.*

1. L'EI reste à ce jour présent dans des poches territoriales en Irak et en Syrie.

GENÈSE DE L'ŒUVRE

Naissance d'un récit

➤ Publication et récompense

C'est dans la maison d'édition Elyzad, basée entre Tunis et Paris, qu'Emilienne Malfatto publie son récit en 2020. Elle trouve dans cette structure qui veut « donner à entendre les voix des romanciers, "ces historiens de l'imaginaire", qui disent la parole tue, explorent l'âme humaine dans toute sa nudité [...] et donnent à lire des univers mal connus[1] » un engagement qui fait écho au sien.

Paru très confidentiellement lors de la rentrée littéraire de septembre 2020, le texte est ensuite bien accueilli par la critique qui souligne la force de ce roman court et bouleversant, en prise avec une cruelle réalité : « beau comme un lamento qui vous prend le cœur » (*Libération*, 19-20 décembre 2021), « un récit coup de poing » (*Femmes ici et ailleurs*, juillet-août 2021), « un récit fulgurant » (*Le Figaro littéraire*, 10 juin 2021). *Que sur toi se lamente le Tigre* est alors en lice pour le prix Régine-Deforges dont il sort finaliste ; il est remarqué par une mention spéciale des lecteurs du prix Hors Concours 2020 et par le prix Hors Concours des lycéens et figure dans la sélection des dix romans retenus pour le prix VLEEL[2]. Il est enfin couronné

1. elyzad.com/la-maison-dedition/

2. Né des rencontres littéraires organisées par le blogueur Anthony Lachegar, *alias* Serial Lecteur Nyctalope, le prix VLEEL (Varions Les Éditions En Live) se veut le reflet d'une littérature portée par des petits éditeurs dont on ne parle pas dans les médias traditionnels.

en mai 2021 par le prix Goncourt du premier roman et d'autres prix littéraires.

➤ À l'origine du récit

Dans un entretien donné le 3 février 2021, Emilienne Malfatto confie au *Midi libre* comment est né son récit : « La genèse de l'idée [...] est venue de la discussion avec un ami [irakien – note de la rédaction] très proche, avec qui on n'a pas de tabou. Il avait une petite sœur qui avait 18 ans. Et je lui ai demandé [ce qui] se passerait si elle se retrouvait enceinte, hors mariage. Il m'a dit – mais très sereinement, très froidement – l'un de nous la tuerait. Voilà. »

C'est ensuite sa fine connaissance de l'Irak qui lui permet de nourrir son récit. Emilienne Malfatto reconnaît que le fait d'être une femme reportrice est un avantage : « Quand vous êtes une femme, vous avez accès aux femmes mais aussi aux familles, au monde intérieur, vous ne présentez pas un danger. Et puis vous avez accès aux hommes, parce que vous êtes une femme étrangère, vous n'êtes donc pas soumise aux exigences qui s'appliquent aux autres femmes. Je n'aurais pas du tout les accès que j'ai si j'étais un homme. Y compris sur les zones de guerre. Je considère que c'est un atout d'être une femme [1]. »

Néanmoins, elle affirme qu'elle n'a pas voulu parler seulement de l'Irak et des crimes d'honneur commis dans les provinces conservatrices : « [Le] problème, c'est le patriarcat. Il est social [...]. Certes l'histoire est racontée dans un contexte très particulier, mais le féminicide et l'oppression des femmes, ce n'est pas du tout l'apanage de l'Irak, ni de l'islam, ni rien. Les crimes d'honneur dans le bassin méditerranéen, y compris le nord de la Méditerranée, il y a un siècle, il y en avait [2]. »

....

1. *Midi libre*, 3 février 2021.
2. *Ibid.*

GENRE DE L'ŒUVRE

Un roman inclassable

➤ Un récit fictif et légendaire

Que sur toi se lamente le Tigre est un roman à la construction originale car fragmentée. Les trente-quatre chapitres qui le composent s'organisent autour de **trois veines narratives différentes**. La première, la plus importante, qui compte vingt chapitres, est le récit fictif du drame intime et familial vécu par une jeune narratrice dans l'Irak contemporain. La deuxième veine, qui se déploie sur dix chapitres insérés dans le corps du récit fictif, fait entendre la voix d'un fleuve irakien, le Tigre : ce dernier, doué de parole, décrit son cours à travers l'Irak et l'histoire de ce pays et de ses habitants. La troisième, développée dans quatre chapitres, est composée d'autant d'extraits de *L'Épopée de Gilgamesh*, récit mythique et millénaire de Mésopotamie qui met en scène Gilgamesh, roi puissant en conflit avec les dieux et à la recherche de l'immortalité (voir encart, p. 36-37).

➤ Un récit choral [1]

La fiction familiale qui relate le destin funeste d'une jeune Irakienne est elle-même fragmentée. Emilienne Malfatto donne successivement la parole aux protagonistes du drame. La voix qui domine est celle de la narratrice : cette dernière raconte dans treize chapitres la découverte

1. **Choral** : qui, comme une chorale, est composé de plusieurs personnes et donc de plusieurs voix.

de sa grossesse et ses conséquences tragiques, et évoque, à l'occasion de nombreux retours en arrière, son enfance, ses liens avec son père et sa famille et sa rencontre avec son amant. Chacun des membres de la famille prend aussi la parole dans un chapitre. La mère, les frères – Amir, Ali et Hassan –, la sœur – Layla –, la belle-sœur – Baneen –, et le père de l'enfant que porte la narratrice – Mohammed – se présentent et commentent les événements terribles qui bouleversent leur famille. Cette **polyphonie**[1], qui confère au récit un aspect choral, donne une épaisseur toute particulière aux différents protagonistes qui se dévoilent ainsi en prenant directement la parole.

➤ Une variation de formes et de registres

Le **mélange singulier entre fiction et légende** dans *Que sur toi se lamente le Tigre* entraîne aussi une très grande variété de formes et de registres littéraires. En effet, dans la fiction familiale, **les interventions des différents personnages ressemblent à des monologues théâtraux** : comme dans les plus grandes pièces du théâtre classique, ils se révèlent tous à la première personne dans ce moment de crise. Les protagonistes confient leurs doutes et leurs certitudes, leurs malheurs et leurs regrets ; ils justifient leur réaction face au drame qui se joue et annoncent leurs actions.

L'œuvre d'Emilienne Malfatto emprunte aussi au **genre poétique**. Les extraits traduits de *L'Épopée de Gilgamesh* préservent la forme versifiée originale, tandis que les prises de parole du fleuve, par leur brièveté, la richesse de leurs images et la présence d'effets stylistiques et sonores, forment presque des poèmes en prose.

....

1. **Polyphonie** : procédé d'écriture qui consiste à superposer deux ou plusieurs lignes, voix ou parties indépendantes.

Les registres sont aussi d'une grande variété. On trouve dans l'œuvre un **ton réaliste**, en particulier au sein du récit ancré dans l'histoire contemporaine de l'Irak : ainsi, la description de Bagdad ravagé par les attentats et celle de la guerre sanglante menée contre l'État islamique n'épargnent aucun détail sur la violence. En contrepoint, certains chapitres sont dominés par le **registre merveilleux**, lorsque Emilienne Malfatto utilise la figure de style de la prosopopée, qui permet de faire parler et agir un être inanimé, une personne absente ou morte. Sous sa plume, le fleuve Tigre devient un témoin, observateur indigné et attristé du destin de l'Irak et de la jeune narratrice. L'irréel est aussi présent dans les chapitres consacrés à Mohammed et à Amir : le premier prend la parole en prononçant, hors de toute vraisemblance, « Je suis mort » (p. 91), tandis que le second annonce ce qui est à venir et qu'il ne peut savoir : « Je suis l'assassin. Je vais tuer tout à l'heure et je l'ignore encore » (p. 84).

➤ Les échos d'une histoire universelle

Cependant, au-delà de cette fragmentation formelle et de cette construction éclatée se tissent des liens qui dessinent une unité de sens. En effet, dans la fiction familiale, **les voix des protagonistes ne sont pas seulement juxtaposées : elles se répondent, s'opposent et sont parfois aussi reliées par l'évocation d'un événement particulier.** Par exemple, au chapitre [5], dans lequel la narratrice évoque la visite à l'hôpital avec sa belle-sœur, succède, au chapitre [6], l'autoportrait de Baneen elle-même, ce qui permet au lecteur de mieux saisir les différences entre ces deux femmes qui portent toutes deux la vie. De même l'évocation au chapitre [13], par la narratrice, de la mort de son amant sous les bombes de Mossoul prépare le lecteur à entendre la voix d'outre-tombe[1] de Mohammed au chapitre suivant. Enfin, au

1. **D'outre-tombe** : qui se fait entendre après la mort d'un personnage.

chapitre [31], lorsque Layla, la benjamine, évoque la disparition de la narratrice, elle anticipe la mort réelle de sa sœur qui affirme au chapitre [33] : « Je suis en train de mourir. Je suis morte » (p. 124).

Des liens encore plus subtils se nouent entre les différentes veines narratives. En effet, alors que tout semble les opposer – leur forme, leur genre, leur époque –, **Emilienne Malfatto crée des liens entre sa fiction familiale et *L'Épopée de Gilgamesh***. Elle montre, grâce à leur enchaînement, que tous deux évoquent les grandes questions qui hantent l'humanité : l'amour et l'amitié, la vie et la mort, le malheur et le bonheur. La première citation en exergue tirée de la légende millénaire annonce en quelque sorte le destin de la narratrice : c'est la mort qui l'attend. Plus loin dans l'œuvre, le récit de ses émois amoureux face à Mohammed (chapitre [24]) trouve un écho dans celui de l'initiation sensuelle d'Enkidu, compagnon de Gilgamesh, par une courtisane (chapitre [25]). Le thème de la mort – celle semée par les attentats sanglants de Bagdad et celle d'Enkidu – réunit les chapitres [8] et [9]. Enfin, les prières et les lamentations des sujets de Gilgamesh lors de sa disparition au chapitre [32] répondent à celles du frère cadet de la narratrice, Ali, au chapitre [30].

Le Tigre constitue aussi un fil conducteur entre les récits. Le fleuve se présente dès le chapitre [2] comme le témoin du drame de la narratrice et ses interventions semblent épouser l'évolution de la fiction familiale. La description de son cours – de sa source dans les montagnes (chapitres [2] et [4]) jusqu'au pays de Sumer où il disparaît en rejoignant l'Euphrate[1] (chapitre [23]) – suit symboliquement le

1. L'**Euphrate** est un long fleuve du Moyen-Orient qui prend sa source en Turquie, traverse la Syrie puis l'Irak et rejoint le Tigre pour former un estuaire commun, le Chatt-el-Arab, qui débouche dans le golfe Persique ; il délimite, avec le Tigre, la Mésopotamie, berceau des premières civilisations connues (voir cartes, p. 20-21).

récit de la narratrice – de la découverte de la vie qu'elle porte (chapitre [1]) à sa disparition finale. Dépositaire lucide des maux de l'Irak et de ceux de ses habitants, il montre que le destin de cette jeune fille irakienne s'inscrit dans l'histoire de son pays.

➤ Un roman construit comme une tragédie

Le **tragique** est aussi le dénominateur commun des trois veines qui constituent l'œuvre d'Emilienne Malfatto.

Tout d'abord, la fiction familiale, développée sous la forme théâtrale du monologue, suit la règle des trois unités de la tragédie. **L'intrigue gravite autour d'un seul lieu** – la maison familiale où tous les personnages convergent –, **se déroule en un seul jour** – le premier chapitre évoque le soleil brûlant du matin et le dernier affirme que « tout est nuit » – **et met en scène une seule action** – la mort de la narratrice. **Cette action, déterminée par des rapports de soumission et de domination qui confrontent un amour interdit à l'honneur, rappelle l'intrigue de certaines grandes tragédies classiques.**

En outre, l'œuvre d'Emilienne Malfatto illustre la **fatalité tragique qui pèse sur le destin des hommes et des femmes**. Elle s'ouvre en effet sur un extrait de *L'Épopée de Gilgamesh* qui inscrit la vie humaine sous le signe de la mort (« *Lorsque les grands dieux créèrent les hommes,/ c'est la mort qu'ils leur destinèrent* », p. 61). Le Tigre aussi ne cesse de rappeler la marche funeste du monde – « *La mort viendra à temps* » (p. 66), « *[Les hommes] périront avec moi car nos destins sont liés* » (p. 97) – et annonce le destin de la narratrice : « *cette histoire-là finira mal, elle aussi* » (p. 66). La narratrice elle-même le sait dès le début : « La mort est en moi. [...] la mort est en chemin. Elle va arriver tout à l'heure, au coucher du soleil, j'entendrai son pas un peu lourd [...], puis la porte au bout du couloir s'ouvrira et la mort entrera »

(p. 63). La certitude et l'imminence de la mort sont répétées par l'ensemble des personnages. Amir, le bourreau, avoue : « Je suis l'assassin. Je vais tuer tout à l'heure » (p. 84). Mohammed se lamente : « Je suis mort et ma mort en entraînera d'autres. La femme que j'ai voulue pour mon plaisir. Mon enfant qui ne naîtra pas » (p. 91) et la mère se résigne : « On va tuer ma fille. [...] Mon fils va tuer ma fille » (p. 105).

Roman tragique, récit réaliste et contemporain, ce texte protéiforme et polyphonique, mêlant la voix d'une narratrice anonyme à celles légendaires d'un fleuve et de héros millénaires, joue avec les formes littéraires.

L'Épopée de Gilgamesh

Une épopée millénaire et universelle

Née en Mésopotamie, *L'Épopée de Gilgamesh* est la première œuvre littéraire qui nous soit parvenue. Transmis d'abord de manière orale, ses 3 000 vers ont été écrits sur douze tablettes en argile, sur une période qui s'étend d'environ 2 300 av. J.-C. à environ 1 200 av. J.-C. Gilgamesh, héros du récit, emprunte sans doute son nom à un personnage historique du IIIe millénaire av. J.-C., roi d'Ourouk (ou Uruk), dans le sud de la Mésopotamie. Son histoire est celle d'un homme puissant qui entre en conflit avec les dieux et qui, après avoir perdu un ami, Enkidu, se lance à la recherche de l'immortalité.

Dans *Que sur toi se lamente le Tigre*, l'autrice relie l'histoire de son héroïne, ancrée dans l'Irak contemporain, à celle de Gilgamesh. Certains épisodes de l'épopée ponctuent le récit : sortes d'échos à la narration principale, ils illustrent l'universelle fatalité du destin des hommes, et montrent que le mythe et la littérature nous interrogent sur les grandes questions de la condition humaine que sont la vie, la mort, le bonheur, la liberté…

Résumé de l'épopée	Citations présentes dans *Que sur toi se lamente le Tigre*
Pour mettre un frein à la tyrannie du roi Gilgamesh, les dieux demandent à la déesse Aruru de faire naître dans le désert un homme fort et sauvage, Enkidu, qui saura s'opposer au roi. Aruru fabrique avec de l'argile un être à l'image d'Anu (ou Anou), dieu du ciel, et de Ninurta, dieu de la guerre. Enkidu vit totalement à l'écart de la civilisation, partageant la vie des bêtes sauvages et détruisant les pièges que posent les chasseurs du roi. Ce dernier est alors averti par un rêve de l'existence d'Enkidu.	*« Ma mère cette nuit j'ai fait un rêve.* *Je marchais fier parmi les héros,* *le ciel brillait d'étoiles,* *et une étoile, comme un héros du ciel d'Anou* *est tombée vers moi.* *J'ai voulu la porter, elle était trop lourde.* *J'ai voulu la pousser, je n'ai pu la bouger. »* Chapitre [29], p. 119.

Résumé de l'épopée	Citations présentes dans *Que sur toi se lamente le Tigre*
Gilgamesh décide de faire venir Enkidu à sa cour à Ourouk en lui envoyant une femme pour le séduire et pour le convaincre de découvrir la ville et sa civilisation : dès lors, devenu humain et instruit par un songe envoyé par les dieux, il sait que le roi lui-même va être son rival.	*La courtisane enlève ses vêtements* *dévoile ses seins, dévoile sa nudité* *et Enkidu se réjouit des charmes de son corps.* *Elle ne se dérobe pas, elle provoque en lui le désir.* Chapitre [25], p. 111.
Après un combat acharné, Gilgamesh et Enkidu deviennent amis et ils partent à l'aventure. Ils combattent et tuent le monstre Humbaba, gardien de la Forêt des Cèdres, ainsi que le Taureau céleste envoyé par Ishtar, déesse de l'amour, furieuse d'avoir été éconduite par Gilgamesh. Mais les deux amis ont fâché les dieux et Enkidu tombe malade : terrassé par la fièvre, il meurt.	*Enkidu ne lève plus les yeux* *Gilgamesh lui touche le cœur* *son cœur ne bat plus.* *Alors comme une fiancée* *il couvre le visage de son ami* Chapitre [9], p. 81.
Gilgamesh pleure la disparition de son ami.	*Que te pleurent les Anciens d'Uruk aux remparts* *que te pleurent les gens d'Uruk* Chapitre [32], p. 123.
Désespéré par cette confrontation avec la mort, il part à la recherche de l'immortalité. La déesse Sidouri tente de l'en dissuader.	*Lorsque les grands dieux créèrent les hommes,* *c'est la mort qu'ils leur destinèrent.* Exergue, p. 61.
Il est aussi mis en garde par Utanapishtim, qui lui raconte le déluge auquel il a seul survécu.	*la pluie de Gilgamesh a inondé mes berges.* Paroles du Tigre mentionnant l'épopée, chapitre [2], p. 65.
Gilgamesh part pourtant à la recherche d'une plante, remède à la mort : celle-ci lui échappe à cause d'un serpent et l'entraîne au fond des eaux…	*Devant Gilgamesh, le serpent s'est emparé de la vie éternelle. Enkidu est resté poussière.* Paroles du Tigre résumant l'épopée, chapitre [7], p. 77.

POUR MIEUX INTERPRÉTER

Amour, honneur et crime

➤ Une affaire d'honneur

Emilienne Malfatto fonde l'intrigue de son œuvre sur l'honneur et sur sa vengeance. **À la fois réalité contemporaine[1] et thématique chère à la littérature[2], le crime d'honneur, dans *Que sur toi se lamente le Tigre*, est celui dont va être victime une jeune fille, la narratrice, qui s'est donnée, une seule fois, avant la célébration de leurs fiançailles, à Mohammed, qu'elle aimait et qui meurt à la guerre.** Cette étreinte et sa conséquence – la grossesse de la narratrice – constituent aux yeux de sa famille et de la société rurale du sud de l'Irak une **souillure**. La seule solution pour effacer cette faute et sauver la réputation familiale est la mort de celle qui est présentée comme coupable : « Dans cette famille, dit Layla, une femme déshonorée est une souillure que seul le sang peut laver » (p. 122). C'est Amir – « l'homme de la famille [dont le père est mort], l'aîné, le dépositaire de l'autorité masculine » (p. 84) – qui se chargera d'exécuter le châtiment et de tuer sa sœur. Son geste est présenté comme un devoir : « je n'ai pas le choix, dit le personnage. Sa vie ou notre honneur à tous » (p. 84). Pas de dilemme, l'honneur est une valeur qu'il faut impérativement restaurer,

....

1. On pourra se reporter au texte n°8 du groupement de textes n° 2, page 157 de l'édition : un communiqué de l'association Human Rights Watch paru le 22 avril 2020 montre l'actualité des crimes commis par certains hommes sur leurs femmes.
2. On trouvera page 175 une liste d'œuvres littéraires qui reprennent cette thématique.

et à n'importe quel prix. La narratrice en fait le constat au chapitre [5] : « L'honneur est plus important que la vie. Chez nous, mieux vaut une fille morte qu'une fille mère » (p. 73). Et Mohammed de le redire : « Dans ce pays de sable et de scorpions, les femmes payent pour les hommes » (p. 91).

La primauté[1] de l'honneur est liée au poids des traditions, des us et coutumes de la société dans cette partie conservatrice de l'Irak où se déroule l'intrigue. Amir l'affirme au chapitre [11] : « Ce n'est pas moi qui tuerai, mais la rue, le quartier, la ville » (p. 84). Les femmes sont assujetties à un certain nombre de règles qu'il ne faut pas enfreindre : elles « doivent rester propres. Pures. Intouchées » (p. 120). Se dissimuler sous le voile de l'abaya aux regards des hommes, baisser les yeux devant eux et être vierge jusqu'au mariage sont des injonctions qui permettent de protéger la réputation familiale : Baneen, au chapitre [6], relatant sa nuit de noces avec Amir, se réjouit d'avoir préservé sa virginité : « Le drap était taché de sang. Une fleur brunâtre, presque noire. L'honneur était sauf » (p. 75). Au contraire, la narratrice dénonce la dimension dérisoire de ces principes au chapitre [24], en évoquant l'interdiction de regarder celui qu'elle aime : « mon regard en printemps, la trahison. Le manquement à l'honneur » (p. 109).

➤ De la condition des femmes dans les sociétés patriarcales

À travers ce thème du crime d'honneur, Emilienne Malfatto peint et dénonce la condition de la femme – dans une région conservatrice de l'Irak, mais pas seulement, puisque le patriarcat est tristement

1. **Primauté** : caractère de ce qui est supérieur ou plus important que toute autre chose.

répandu dans le monde entier. Victime d'une société patriarcale, dominée par les hommes dont l'autorité est « la seule qui vaille » (p. 84), **la femme ne s'appartient pas puisque son corps et son destin sont soumis au pouvoir masculin**. « Notre corps ni notre honneur ne nous appartiennent. Ils sont la propriété familiale. La propriété de nos pères et de nos frères » (p. 120) affirme la narratrice au chapitre [30]. Sa vie est faite d'« interdictions et [d']obligations, sous les voiles et les frustrations » (p. 105). Passé l'enfance, elle doit « *apprendre à [se] tenir*, [...] ne plus traîner dehors [...] couvrir [ses] tresses » (p. 71). Tout loisir – comme la baignade dans les eaux du Tigre évoquée avec nostalgie par la narratrice – semble interdit : il faut l'audace d'un frère libéral comme Ali pour goûter à « ce qui [pourrait] être si [les] femmes étaient libres » (p. 117) lors d'une « escapade un peu folle, comme un pied-de-nez aux règles » à Bagdad. **Réduite au rôle maternel, la femme est cantonnée à la sphère du foyer**, à l'image de Baneen qui « s'active à la cuisine, dans les chambres, [à] ces tâches domestiques qui sont son univers » (p. 94). Les relations charnelles sont placées sous le sceau de l'insatisfaction et de la souffrance : « Les femmes doivent avoir mal, c'est une preuve que leur mari est bien un homme » (p. 75). La vie des femmes, dont les désirs et les plaisirs sont niés, est associée à une « prison » (p. 104), à une condamnation « de naissance » (p. 124). Vivantes, elles semblent déjà mortes. Ainsi, la narratrice et sa mère n'ont pas de nom : elles sont niées dans leur individualité, résumées à une fonction et comme effacées avant même de mourir. De même, Baneen, la belle-sœur de la narratrice, « *bonne épouse* » (p. 94) qui se prétend « la plus heureuse de tous » (p. 76) « s'absorbe, se fond, se perd jusqu'à [se] dissoudre complètement [dans les tâches domestiques] » (p. 94) : elle est, avec la narratrice, l'allégorie de la condition féminine en Irak, « ombre empressée et voilée » (p. 94), « fantôm[e] noi[r] » (p. 95) dans son abaya, entièrement soumise et dévouée aux caprices de son mari.

Donner au moyen de la fiction la parole à celles qui ont toute leur vie eu « la sensation de rester au bord de [leur] vie » (p. 71) est une manière de rendre hommage aux femmes, de témoigner et de dénoncer une société patriarcale qui les tue.

➤ Victimes et assassins

La grossesse de la narratrice, considérée comme un crime qu'il faut venger et laver, entraîne un autre crime, celui que va commettre Amir en tuant sa sœur. **Et toute la famille, soumise à la tradition qui fait de l'honneur une valeur suprême, devient, par son inaction, complice de ce meurtre.** Aucun personnage n'arrête le bras vengeur du frère aîné : ni la mère – qui affirme : « Mon fils va tuer ma fille et je ne m'y opposerai pas » (p. 105) –, ni Ali, le frère cadet, qui se définit comme « [c]elui qui voudrait tout arrêter mais qui n'arrêtera pas l'assassin » (p. 116), ni même Layla qui reconnaît que « [p]ersonne ne peut s'opposer à Amir » (p. 122). **Mais le récit ne cède pas au manichéisme[1] : les membres de la famille sont aussi présentés comme des victimes, enfermés et aveuglés par leur condition, par leur rôle ou par le poids des traditions.** Le personnage d'Amir, qui se définit à plusieurs reprises comme l'assassin, porte cette dualité : bourreau et victime (d'un système), il suscite à la fois horreur et pitié. Gangréné par la violence de la guerre, il est malgré lui – par son statut d'aîné et par le hasard de la mort précoce de son père – « dépositaire de l'autorité masculine » (p. 84), et en cela garant de l'honneur de la famille et de la pureté de ses femmes. Obligé d'accomplir la

1. **Manichéisme** : attitude de celui, de celle qui ne juge le monde qu'en termes opposés de bien et de mal.

vengeance, il présente son crime comme une sorte de sacrifice de lui-même : « J'ai survécu à la guerre et ce soir je vais tuer. Je vais mourir un peu en tuant » (p. 86). Ali, le frère cadet, est comme paralysé. Quand il tire, au chapitre [28], un portrait peu flatteur de lui-même – il s'avoue « lâche », « complice par faiblesse », « enchaîné par des règles qu'[il] condamne » –, son aveu, qui sonne comme une excuse, suscite aussi la pitié : « je suis l'homme banal et désolé de l'être, [...] navré d'être un salaud » (p. 116 et 118). Réduits à l'impuissance, les deux benjamins de la fratrie, Hassan et Layla, sont, eux, victimes de leur jeunesse, qui les empêche d'avoir « conscience du drame qui se joue » (p. 122) et de s'opposer à la mort imminente de leur sœur : « Si je pouvais, dit Hassan, si j'étais un homme, j'arrêterais le bras de l'assassin » (p. 95). De leur côté, les femmes restent passives face à la tragédie car leur condition les musèle. Ainsi, la mère, usée par une vie qui ne lui a apporté aucun bonheur, victime « de ce monde fait pour les hommes » (p. 104), asséchée par l'« humiliation quotidienne » (p. 104) faite à son sexe, est incapable de se révolter contre le destin réservé à sa propre fille. Baneen elle aussi se soumet : partagée au début entre « son devoir d'épouse et sa pitié » pour la narratrice (p. 93), elle est enfermée par les règles sociales et aveuglée par sa propre satisfaction : « Je suis [...] la femme soumise, la femme correcte, celle qui respecte les règles, qui ne les discute pas. [...] Celle qui approuve la société, qui glorifie son époux » (p. 74). Ainsi Emilienne Malfatto invite à considérer avec indulgence et pitié tous les personnages qui entourent la narratrice, victime principale sacrifiée sur l'autel de la tradition et de l'honneur.

➤ Un constat pessimiste ?

Que sur toi se lamente le Tigre offre un tableau très noir de l'Irak. **La mort y est omniprésente** : dans la cellule familiale – à travers celle, imminente, de la jeune narratrice –, mais aussi dans la société, puisque le pays est décrit comme **ravagé par les guerres** qui se succèdent fatalement[1]. L'œuvre évoque comme un refrain la domination de la violence et du chaos : « La terre d'Irak a [...] soif de mort [et] de sang » (p. 64) ; « Nous tuons, nous sommes tués. Nous sommes un pays de victimes et d'assassins » (p. 114), « [l]a violence nous chasse des grandes villes, les frontières se ferment devant notre passeport couleur de deuil » (p. 95). Cette description sombre est renforcée par la mise à mal de toutes les valeurs positives : tout semble corrompu, gangréné par la violence et la mort. Ainsi, dans le récit, aimer conduit à la mort, se marier n'entraîne que malheurs et souffrance, et porter la vie peut être une sentence de mort. Dans « ce monde trop étroit, trop noir » (p. 95), la concorde a laissé place aux conflits : « [Bagdad] *[l]a ville de la paix est devenue cité de guerre, de béton et de sang* » (p. 101), et même les colombes, symboles de paix et de liberté, refusent de quitter le toit où Mohammed les élevait (chapitres [19] et [21])...

Pourtant, au sein de ce tableau sombre, subsistent quelque espoir. Notamment au chapitre [12], dans lequel le Tigre évoque un arbre qui, selon la légende, viendrait du Paradis : malgré sa fragilité, « *les hommes continuent d'y accrocher des rubans, des papiers qui demandent la vie et la paix* » (p. 87). **Un personnage incarne aussi la possibilité d'un changement, d'un progrès, notamment concernant les femmes : il s'agit de Hassan, le plus jeune des frères de la narratrice.** Encore enfant, attaché à sa sœur aînée, il est étranger aux règles inflexibles qui soumettent les femmes : au chapitre [17], il les qualifie de « carcan » (p. 95) et en montre l'absurdité : « Regarde nos femmes [...], disent les plus osés, quel malheur de les voir en fantômes noirs.

1. La rubrique « Contexte historique », pages 13 à 18, rappelle les différents conflits qui se sont déroulés en Irak depuis quarante ans.

Mais ceux-là mêmes gardent jalousement l'honneur de leurs sœurs, leurs femmes, leurs filles. Ceux-là mêmes tueraient s'il le fallait » (p. 95). Il n'hésite pas à les transgresser en confiant à la narratrice le récit – interdit aux femmes – de la mort de Mohammed. Dès lors, peut-être ne deviendra-t-il pas « comme [son] frère, un assassin », et considérera-t-il la femme comme son égale. Enfin, le dernier chapitre semble suggérer que les femmes doivent prendre en main leur destin pour changer la société : juste avant de mourir, la narratrice sort de sa résignation et se révolte brutalement contre le sort qui lui est réservé : « *Et soudain [...] elle n'est plus si sûre de ne pas avoir eu envie de vivre, et de connaître cet enfant, et les coups dans son ventre soudain ne lui semblent plus si terribles et il y avait là-dedans peut-être plus de vie que de mort* » (p. 125). Si les femmes se défont de leur soumission résignée, alors peut-être verront-elles – et ce sont les derniers mots du récit – « *[d]ehors, le fleuve [...] ruban argenté sous la lune* » (p. 125)...

Statue assyrienne de Gilgamesh.

STRUCTURE

Avertissement
Ce tableau contient des révélations sur l'intrigue.

CHAPITRES [1] À [6]
Une jeune fille, la narratrice, se confie : elle sent dans son ventre un enfant bouger. C'est le fruit de ses amours interdites avec Mohammed. Elle sait désormais que ses heures sont comptées : seule sa mort sauvera l'honneur de sa famille, souillé par sa faute.
CHAPITRES [7] À [15]
Le destin annoncé de la jeune femme – que son frère aîné va tuer – est aussi funeste que celui de son pays. Le fleuve qui le traverse, le Tigre, évoque la guerre qui dévaste l'Irak : de jeunes combattants comme Mohammed sont tués et de sanglants attentats effraient et massacrent la population.
CHAPITRES [16] À [27]
Tandis que la famille de la narratrice réagit à la tragédie qui se noue, la jeune femme évoque son passé : avec sa famille elle a fui Bagdad, devenue trop dangereuse, pour le sud du pays et les rives du Tigre. C'est là qu'elle a rencontré et aimé Mohammed, devenu combattant. La violence et la guerre ont peu à peu détruit la splendeur de l'Irak et remplacé la paix et l'amour.

CHAPITRES [28] À [32]

La narratrice est condamnée par tous, vouée à la mort. Elle est abandonnée par son frère Ali, faible et lâche, et plongée dans l'oubli par sa sœur Layla. Seul le Tigre appelle à la pleurer.

CHAPITRES [33] À [34]

La jeune femme attend son bourreau, seule, partagée entre l'angoisse et la révolte...

PERSONNAGES

Les voix du drame

Le Tigre

Ce long fleuve qui prend la parole est le témoin du sort de la narratrice. Mais il est aussi celui de l'histoire millénaire du pays qu'il traverse. Lucide et désespéré, il décrit le destin funeste du peuple irakien, dont le pays est ravagé par les guerres et détruit par la folie des hommes.

La narratrice

Cette jeune fille irakienne est l'héroïne tragique du roman. Enceinte de Mohammed, un ami de la famille, elle sait que sa faute entraîne le déshonneur de sa famille et la livre aux mains de son frère aîné Amir. Résignée, elle attend la mort, en se remémorant des souvenirs chers ou douloureux...

Mohammed

Ce jeune homme doux et taiseux est le père de l'enfant que porte la narratrice. Il meurt en martyr à Mossoul, sous le fracas d'une bombe de la coalition internationale.

Le père

Cet homme sans prénom est un lettré. Sa disparition, à la suite d'un attentat à Bagdad durant l'occupation américaine, livre les femmes de sa famille à l'autorité brutale de son fils aîné.

La mère

Cette femme en deuil de son mari est écrasée par une vie qui ne lui a offert aucune liberté et aucun bonheur. Soumise dans un monde fait par et pour les hommes, elle reste indifférente au destin de sa fille et contribue à faire perdurer les traditions.

Amir

Aîné de la famille, il occupe depuis ses seize ans la place du père. À la fois brutal et traumatisé par son expérience de la guerre, il se doit de faire respecter l'honneur familial souillé par la faute de sa sœur et se transforme en assassin.

Baneen

Mariée à Amir, la belle-sœur de la narratrice est son opposée : bonne épouse, enceinte légitimement de son premier enfant, elle accepte sa condition de femme enfermée dans ses tâches domestiques.

Ali

Le frère cadet de la narratrice se présente comme un homme bon et aimant. Capable de braver les interdits lors d'une escapade à Bagdad avec sa sœur, il se montre cependant lâche et impuissant face au drame qui la menace...

Hassan

Il est le plus petit des frères de la narratrice et son préféré. Celui qui n'est plus un enfant mais pas encore un adulte incarne l'espoir d'un autre avenir pour les hommes et pour les femmes de son pays.

Layla

Unique sœur de la narratrice, elle est la plus jeune de la fratrie. Elle n'a pas vraiment conscience du drame qui se joue et elle accepte d'oublier sa sœur, préservant ainsi l'honneur familial qui est aussi le sien.

Des photos d'identité d'une famille yazidie sont étalées sur le sol d'une maison de Sinuni, au nord du Mont Sinjar, à la frontière Irak-Syrie. Photographie prise par Emilienne Malfatto à Sinuni, Irak, le 1er septembre 2019.

EN UN COUP D'ŒIL

Carte mentale

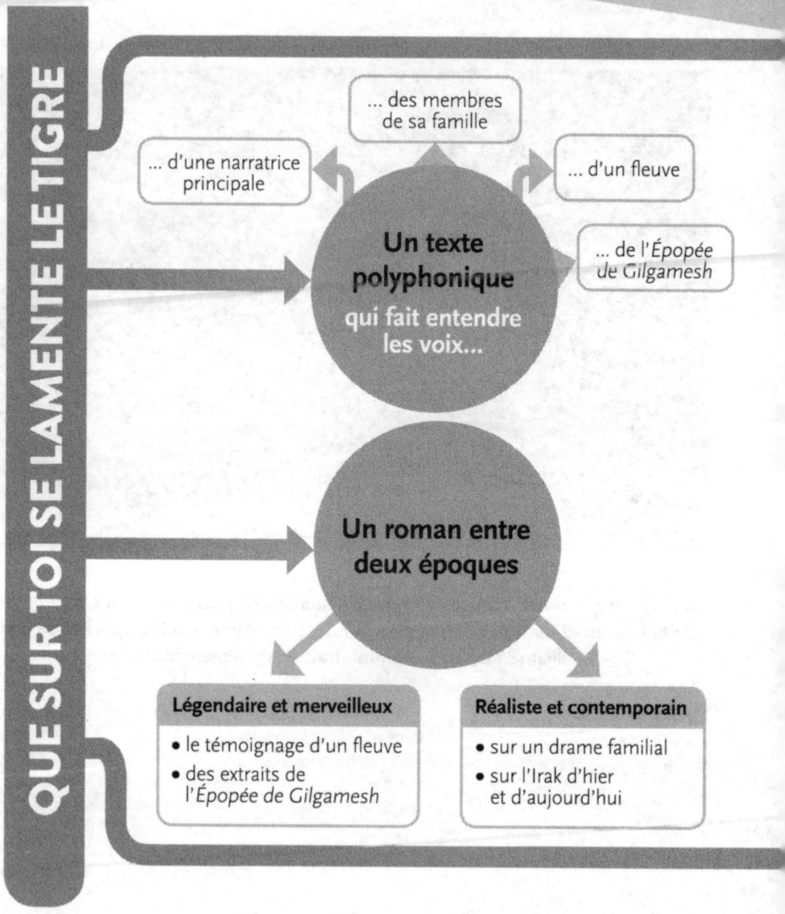

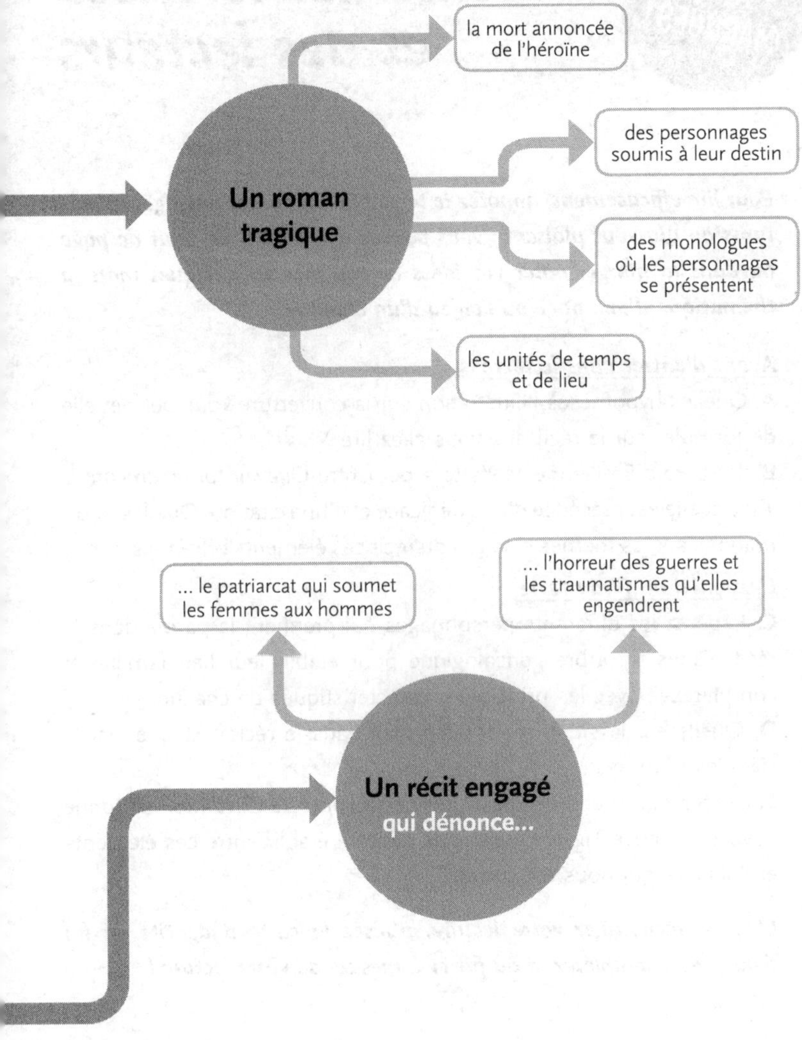
Un roman tragique
la mort annoncée de l'héroïne
des personnages soumis à leur destin
des monologues où les personnages se présentent
les unités de temps et de lieu
Un récit engagé qui dénonce...
... le patriarcat qui soumet les femmes aux hommes
... l'horreur des guerres et les traumatismes qu'elles engendrent

À VOS MARQUES !

L'atelier des lectrices et des lecteurs

Pour lire efficacement, annotez le texte ! Soulignez les passages importants ou qui vous plaisent ; vous pouvez également, en haut de page ou dans la marge, noter vos idées ou résumer en quelques mots la thématique d'une page ou l'enjeu d'un chapitre.

Avant d'entrer dans le texte

A. Quelles hypothèses l'illustration sur la couverture vous permet-elle de formuler sur le récit que vous allez lire ?

B. L'œuvre d'Emilienne Malfatto a pour titre *Que sur toi se lamente le Tigre* et elle est précédée d'une dédicace et d'une citation. Quelles informations sur les thèmes et le ton du récit ces éléments offrent-ils ?

L'essentiel au fil du texte

C. Repérez les différents personnages qui prennent la parole dans le récit. Faites un arbre généalogique pour établir leur lien familial et complétez-le avec les principales caractéristiques de chacun.

D. Quelle est la situation des femmes dans le récit ? Et quel est le rôle des hommes ?

E. Le récit comprend des passages de *L'Épopée de Gilgamesh* et donne la voix au fleuve Tigre. Quels liens peut-on établir entre ces éléments et l'histoire qui nous est contée ?

Et pour récapituler votre lecture, utilisez la carte d'identité en fin d'ouvrage : complétez-la au fur et à mesure de votre lecture !

QUE SUR TOI SE LAMENTE LE TIGRE

Emilienne Malfatto

Note sur l'édition

Pour faciliter l'étude du récit, nous avons numéroté les chapitres entre crochets.

Aux femmes de l'Euphrate :
Maryam, Shadia, Alia[1] *;*

1. Ces femmes sont des amies irakiennes d'Emilienne Malfatto.

à Tiktum et Fatma [1],
qui ne savent pas encore que leur liberté a une fin.

1. Tiktum et Fatma sont deux jeunes sœurs au centre d'un des projets photographiques d'Emilienne Malfatto intitulé « Al-Banaat » (voir « Biographie », p. 10-12).

Sidouri[1] *dit à Gilgamesh :*
« Où vas-tu, Gilgamesh ?
La vie que tu cherches
tu ne la trouveras pas.
Lorsque les grands dieux créèrent les hommes,
c'est la mort qu'ils leur destinèrent. »

....

1. Dans *L'Épopée de Gilgamesh* (voir encart « *L'Épopée de Gilgamesh* », p. 36) Sidouri est une divinité féminine sage : elle tente d'abord de dissuader Gilgamesh dans sa quête de l'immortalité, l'incitant à profiter de la vie comme elle est.

[1]

C'est venu comme une vague. Une lame de fond qui montait du fond de moi. D'abord, je n'ai pas compris. La terre tremblait dans mon ventre. Comme un coup sur une porte, comme un raz-de-marée. Je n'ai pas voulu comprendre. J'ai levé la tête. Des colombes volaient en cercle contre les nuages. Dedans, la vague refluait. Le ciel a vacillé. Je suis tombée les mains dans la poussière, au milieu des voiles noirs [1]. Un morceau de coton me caressait la joue. Le deuxième coup est arrivé, deuxième déchirement de tonnerre, deuxième tremblement de terre. À ce moment-là, contre le sol, au milieu des voiles noirs, dans la poussière, j'ai compris. Et l'univers s'est écrasé sur moi.

La mort est en moi. Elle est venue avec la vie. Ces coups dans mon ventre, ce déchirement de la chair portent en eux la mort et la mort est en chemin. Elle va arriver tout à l'heure, au coucher du soleil, j'entendrai son pas un peu lourd, son pas un peu désaxé [2], un peu boiteux, puis la porte au bout du couloir s'ouvrira et la mort entrera.

1. L'abaya noire est un vêtement féminin traditionnel, porté au-dessus des autres et couvrant l'ensemble du corps à l'exception du visage, des pieds et des mains. Nous apprendrons plus loin que la narratrice est en train d'étendre le linge.
2. **Désaxé** : désorienté, déséquilibré.

Nous naissons dans le sang, devenons femmes dans le sang, nous enfantons dans le sang. Et tout à l'heure, le sang aussi. Comme si la terre n'en avait pas assez de boire le sang des femmes. Comme si la terre d'Irak avait encore soif de mort, de sang, d'innocence. Babylone[1] n'a-t-elle pas bu assez de sang ? Longtemps, au bord du fleuve, j'ai attendu de voir l'eau devenir rouge.

1. **Babylone**, ville antique de Mésopotamie, située au bord de l'Euphrate, à environ 100 km au sud de l'actuelle Bagdad, a été aux VIe et VIIe siècles av. J.-C. la capitale de l'Empire babylonien.

HONNEUR, CRIME ET SERMENT

L'Antiquité est pleine d'histoires tragiques qui mêlent affaires de famille et enjeux politiques. Celle, fameuse, du viol de Lucrèce rappelle que l'honneur est, depuis des siècles et jusqu'à aujourd'hui, une valeur qui régit les structures familiales et sociales. Au VIe siècle avant J.-C., à Rome, le fils du roi Tarquin le Superbe a violé Lucrèce, la femme de son cousin ; désespérée, celle-ci se donne la mort à l'aide d'un poignard, après avoir fait jurer à ses proches que cet acte funeste ne resterait pas impuni.

Alexandre Évariste Fragonard, *La Mort de Lucrèce*, Grasse, musée Fragonard.
Dans son tableau, le jeune Fragonard (1780-1850) choisit de mettre en scène ce moment tragique où Junius Brutus, neveu du roi, fait serment, avec le mari et le père de Lucrèce, de la laver du déshonneur et de chasser la dynastie des Tarquin du pouvoir.

Photographie prise par Emilienne Malfatto à Chibayish, Irak, le 4 octobre 2018.
Une petite fille danse et chante tandis qu'un religieux s'exprime à la télévision, derrière elle.

PAR EMILIENNE MALFATTO

Photographie prise par Emilienne Malfatto à Mossoul, Irak, le 19 janvier 2018.

Une femme et des enfants marchent dans une rue du centre-ville de Mossoul, quelques mois après la chute du califat autoproclamé de l'organisation État islamique et la reprise de la ville par les autorités irakiennes.

LE 8 MARS : LA JOURNÉE DE LA FEMME

Les origines de la Journée internationale des droits des femmes remontent à 1910. Clara Zetkin (1857-1933), militante socialiste et féministe allemande, qui revendique le droit de vote pour les femmes, avance l'idée d'une journée consacrée aux droits des femmes lors d'une réunion de l'Internationale socialiste des femmes à Copenhague. Il faut toutefois attendre 1977 pour que l'Organisation des nations unies officialise la date du 8 mars et appelle tous ses États membres à consacrer ce jour au combat pour la libération des femmes.

Création des élèves de l'ECV (École de communication visuelle), avec l'atelier Corbin, pour une exposition participative, dans l'espace public de Fleury-Mérogis.

En 2018, la ville de Fleury-Mérogis organise une exposition de rue autour d'affiches créées par des étudiantes et étudiants au cours d'un atelier animé par le graphiste Arnaud Corbin. L'affiche ci-contre rappelle le fondement légal de l'égalité femmes-hommes dans la République française. Le jeu des couleurs – « femmes » en bleu, « hommes » en rouge – cherche à renverser le cliché de nos représentations sexuées. La présence imposante d'une élégante moustache – attribut masculin par excellence – sur le visage de Marianne semble à la fois dénoncer la domination des hommes et appeler les femmes à réagir contre l'invisibilisation dont elles sont victimes.

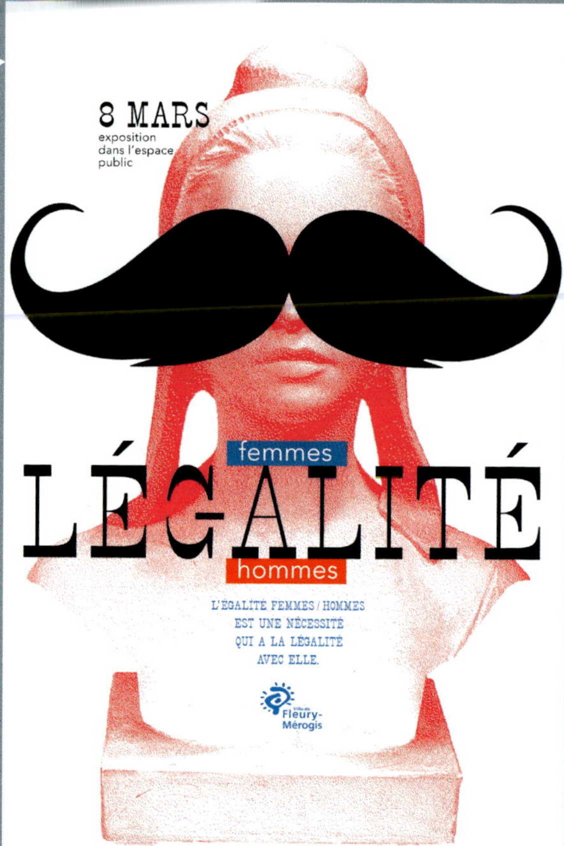

[2]

Je suis le Tigre. Depuis des milliers de lunes[1]*, je traverse le désert, long comme une veine sacrée. Je cours de là-haut, des montagnes, je tombe dans la plaine, puis le désert, puis la mer tout là-bas, comme une respiration.*

Je suis la vie et la mort. Je suis le début et la fin, je suis les récoltes et les crues. Je suis les larmes de Tiamat[2] *tuée de la main de Marduk.*

Je connais la folie des hommes. Mille fois, j'ai vu leur vanité[3] *les conduire à la ruine. J'ai vu s'élever Assur et Ninive*[4]*, j'ai vu tomber de grands rois, et la pluie de Gilgamesh*[5] *a inondé*

....

1. **Lunes** : mois lunaires qui correspondent à l'intervalle de temps séparant deux nouvelles lunes et dont la durée moyenne est d'environ vingt-neuf jours.

2. **Tiamat** est une déesse mésopotamienne, personnification des eaux primordiales, maîtresse des forces du chaos, et adversaire principale du grand dieu Marduk.

3. **Vanité** : caractère d'une personne satisfaite d'elle-même et étalant son plaisir de paraître.

4. **Assur** et **Ninive** : anciennes villes et capitales de l'Assyrie (région du nord de la Mésopotamie) sur la rive du Tigre, détruites au VIIe siècle av. J.-C. Ninive est l'une des plus anciennes cités de Mésopotamie ; elle se situait à un emplacement aujourd'hui localisé dans les faubourgs de la ville moderne de Mossoul, en Irak (voir cartes, p. 20-21).

5. Au cours de son épopée, Gilgamesh rencontre Utanapishtim qui lui raconte le déluge envoyé par les dieux pour détruire les hommes (voir encart « *L'Épopée de Gilgamesh* », p. 36).

mes berges[1]*. Tous, retournés à la poussière. Marduk a créé le monde à partir d'un cadavre.*

Je suis le témoin silencieux des serments et des drames qui se jouent sur mes bords. Cette histoire-là finira mal, elle aussi. La mort viendra à temps.

1. **Berges** : bords en pente d'un cours d'eau ou d'un lac.

[3]

Je me suis relevée, les deux mains à plat dans la poussière. Un voile était tombé de la corde, grande tache noire sur le sol. J'ai pensé à une flaque de sang séché. J'ai essuyé mes mains grises, j'ai ramassé l'étoffe tombée. À mes pieds le linge à étendre, mais je ne voyais plus rien. Le soleil et les étoiles s'étaient éteints. Ne restait que cette houle [1] dans mon ventre, ces coups, cette vie de mort.

De notre seule étreinte, je n'ai gardé que le souvenir de la peur et de la douleur. Peur qu'on frappe à la porte, que mes frères se réveillent, c'était la mort pour nous deux. Et la douleur dans mon ventre, dans mon sexe, partout, le déchirement de ma chair déjà. Ce fut sans plaisir, une étreinte terne, précipitée, Mohammed m'a possédée comme un soldat ivre monte à l'assaut, aveugle, maladroit, obstiné.

Je n'ai pas dit non, je n'ai pas dit oui. C'était le jour de notre rendez-vous, quand maman va à Najaf [2] sur la tombe de papa, que Layla est à l'école, que mes frères dorment. Chaque fois, il venait, deux coups au portail. On s'enfermait dans la

1. **Houle** : onde, vague.

2. Capitale de la province irakienne du même nom, **Najaf** est le centre du pouvoir politique chiite en Irak et un haut lieu de l'islam chiite.

chambre verte, la plus proche de la porte, celle où je dors avec Layla. Chaque fois, nous allions un peu plus loin. Chaque fois nous avions un peu peur, de franchir l'interdit, de nous faire surprendre. J'aimais ses mains sur mon dos, ses lèvres sur mes cheveux, me sentir contre lui. Je me croyais protégée.

Ce vendredi-là, il est arrivé un peu plus tard, un peu essoufflé. Il devait repartir à Mossoul avant midi, venait d'apprendre la nouvelle. Il s'est fait pressant, tendre, exigeant. Il est allé vérifier que la porte était verrouillée. Il a dit que ça ne comptait pas, qu'il repartait au combat, que de toute façon nous allions nous fiancer à sa prochaine permission. On pouvait se donner un peu d'avance, a-t-il dit, il s'agissait de vivre sans attendre.

Tout de suite après, j'ai eu peur. Le sentiment d'une erreur irrémédiable [1], d'une malédiction. Un pressentiment. Je ne lui ai pas dit. Je l'ai fait partir. À la porte, je me suis accrochée à son cou, comme un noyé. Comme un enfant. Avec les deux bras. J'avais peur. Nos deux morts étaient inscrites, là, au bord de ce portail noir. Il a dénoué mes bras agrippés, il a embrassé mes mains et il est parti. En revenant à la chambre, j'ai senti mon sang [2] et son sperme sur mes cuisses. Le sang et le lait. La vie et la mort. Une tache sur le tapis, j'ai dû mentir à Baneen, j'ai dit que j'avais eu mes règles.

Ensuite elles ne sont plus venues, mes règles. Le premier mois, je n'y ai pas prêté attention, cela arrivait parfois. Les mois suivants, j'ai cru que c'était à cause du chagrin. Que la mort de Mohammed avait tout tari. À la mort de papa, aussi, je n'avais plus saigné pendant plusieurs mois. C'est la tristesse, avait dit le médecin que maman avait fini par m'emmener voir.

1. **Irrémédiable** : que l'on ne peut corriger ni changer.
2. Des saignements peuvent accompagner la perte de virginité d'une femme.

Il m'avait regardée gentiment, avec attention, pendant que maman racontait son inquiétude d'avoir une fille « anormale ». C'était déjà une honte de devoir aller chez le médecin *pour ça*, surtout que les voisins ne l'apprennent pas, comment auraient-ils pu l'apprendre, mais cela faisait partie des angoisses de ma mère. Le médecin l'avait rassurée, l'avait appelée *Madame* et nous avait dit que le sang reviendrait quand mon chagrin s'apaiserait. Depuis la guerre [1], il avait vu plusieurs cas de ce genre. « *Psychosomatique* [2] », mais nous ne connaissions pas ce mot en arabe.

1. Il s'agit de l'invasion américaine, à laquelle succède en outre, à partir de 2006, une période de guerre civile entre sunnites et chiites.

2. **Psychosomatique** : désigne les troubles physiques occasionnés ou aggravés par des facteurs psychiques.

[4]

On m'appelle Tigre mais chaque jour je nais du Taureau et de l'orage, là-haut dans les montagnes du nord. Les hommes de cette région ont déchiré mon flanc, éraflé mon flot avec leur métal et leurs pioches. Ils ont élevé des parois de béton et d'acier pour contraindre mes eaux[1]*. Ils sont comme le vent dans les roseaux, ils passent mais ne dureront pas. Quand on compte comme moi en millénaires, plus rien n'a vraiment d'importance.*

1. La Turquie (entre autres pays) a construit de très nombreux barrages sur l'Euphrate et le Tigre, engageant ainsi une véritable bataille de l'eau avec l'Irak dont les terres ne sont plus suffisamment irriguées par le débit ainsi réduit des fleuves.

[5]

J'ai accroché ce qui restait de linge. Je voyais par-delà notre impasse les toits de la ville. Partout les mêmes voiles noirs mis à sécher. Partout la morsure du soleil. En me penchant, je pouvais apercevoir le Tigre, long et lourd et silencieux, avec son odeur de mouillé et d'herbes corrompues. Quand nous sommes arrivés de Bagdad [1], c'était mon endroit favori. J'allais m'asseoir sur les berges. Je regardais les pêcheurs remonter des carpes luisantes dans leurs filets. En été, les garçons se baignaient avec de grands gestes, dans des éclaboussures argentées. Je ne me baignais pas, je restais au bord. Toute ma vie j'ai eu la sensation de rester au bord de la vie. Puis le sang est arrivé, ce premier sang poisseux, noirâtre entre mes jambes, et maman a dit que désormais je devais *apprendre à me tenir*, et ne plus traîner dehors et couvrir mes tresses. Et un soir, Amir m'a lancé un grand manteau noir et a dit que désormais je porterais l'abaya. Personne n'a bronché. Mon frère Ali a froncé les sourcils et j'ai cru qu'il allait dire quelque chose, faire reculer le manteau noir. Mais il a gardé le silence, il m'a jeté un regard mêlé de pitié et de honte puis il a baissé les

1. Située au centre-est du pays et traversée par le Tigre, **Bagdad** est la capitale de l'Irak et de la province qui porte son nom (voir cartes, p. 20-21).

yeux et a évité le mien, de regard. Après, je n'ai plus eu le droit d'aller m'asseoir au bord du Tigre.

J'ai accroché ce qui restait de linge et je suis redescendue par l'échelle de bois. Le vent était déjà brûlant.

J'ai dit à Baneen que je devais aller à l'hôpital. Elle a posé une main sur son ventre rond. L'enfant d'Amir. La vie. Elle était fâchée, sortir dans son état, par cette chaleur, quelle idée, impensable. Me laisser sortir seule, encore plus impensable, interdit, pire, contraire à l'honneur, à la pudeur. J'ai insisté, je ne pouvais pas attendre le retour de mes frères, de ma mère. Je devais savoir, être sûre, que le couperet [1] tombe enfin. J'ai inventé, prétexté des vertiges, des douleurs, des saignements. Baneen a soupiré. Elle m'a regardée d'un air méfiant, elle n'est pas idiote. Elle est allée enfiler son abaya avec le léger dandinement que la grossesse lui inflige.

L'hôpital est posé sur la berge du fleuve. Il sent le chlore, la sueur et les médicaments. Tout y est sale. Une infirmière a fait attendre Baneen dehors, au milieu des cloportes [2] qui filent entre les bancs. Je me suis étendue sur un lit bleu. Le drap était sale, taché de sombre, j'ai pensé à du sang. Dans un coin, une vieille femme était allongée, sans un mot, sans un bruit. Comme si elle était en train de mourir sans déranger personne.

L'infirmière était âgée, des cheveux gris s'échappaient de son voile un peu lâche. Elle n'a presque rien dit, m'a auscultée. Elle m'a jeté un long regard triste et a fait venir un médecin. Le seul médecin femme de l'hôpital était absent, m'a-t-elle

1. **Couperet** : lame tranchante, comme celle de la guillotine. La narratrice souhaite savoir si elle est enceinte, ce qui sonnerait comme une sentence.

2. **Cloportes** : petits crustacés entièrement terrestres, vivant dans les lieux humides et obscurs.

expliqué, tu vas te laisser examiner par un homme. J'ai pensé à Baneen, dehors, qui n'aurait jamais accepté.

Le médecin venait de Bagdad, ça s'entendait à son accent. Il était très jeune, cuivré sous sa blouse bleu ciel. Il a palpé mon ventre, doucement. Il avait les mains légères. Les coups lui ont répondu. Il n'a pas eu besoin de me poser de questions. Il s'est redressé, a retiré ses lunettes, les a essuyées longtemps sur un coin de sa blouse. Il a eu l'air beaucoup plus vieux, infiniment las. Il a remis ses lunettes, m'a regardée. Cinq mois [1], peut-être plus. L'infirmière ne bougeait pas. Ma fiche indiquait que je n'étais pas mariée. Alors c'était comme une sentence de mort. En une phrase, le médecin avait placé ma tête sur le billot [2]. J'ai écouté ma sentence comme à travers du coton. Mon corps n'était plus que ventre.

Le médecin s'est remis à parler, il s'est courbé vers moi. Je crois qu'il a essayé de comprendre. Ses yeux étaient désolés. Il a utilisé des mots inconnus, *déni* [3], et celui-là encore, *psycho-somatique*. L'infirmière m'avait pris la main. J'ai pensé à ma mère, qui préviendrait elle-même Amir si elle en avait l'occasion. L'honneur est plus important que la vie. Chez nous, mieux vaut une fille morte qu'une fille mère. Le médecin m'a demandé ce que je comptais faire, si j'avais de la famille ailleurs, quelque part, loin. J'ai voulu lui dire que tous étaient morts, et que ceux qui n'étaient pas morts me tueraient. Les mots sont restés bloqués dans mon ventre.

1. La narratrice est enceinte de cinq mois.
2. **Billot** : bloc de bois sur lequel autrefois on tranchait la tête des condamnés à la décapitation.
3. **Déni** : fait de refuser une partie de la réalité, vécue comme menaçante ou traumatisante.

[6]

Baneen

Je suis l'épouse, la femme soumise, la femme correcte, celle qui respecte les règles, qui ne les discute pas. Celle qui ne peut concevoir qu'on ne les respecte pas. Je suis celle qui observe, qui juge et qui condamne. Celle qui approuve la société, qui glorifie son époux. Je ne m'opposerai pas au bras vengeur. Plus tard, dans la nuit, je ne verrai pas en lui un assassin, mais un homme fort.

Je suis la femme d'Amir. Nous dormons dans la grande chambre rose. La première nuit – la nuit de noce – la chambre sentait la peinture fraîche. J'avais reçu des draps satinés [1] et de l'or en cadeau.

On ne m'a pas imposé ce mariage. Au contraire, j'ai dû pleurer pour l'obtenir. Mes frères n'en voulaient pas. Un homme trop violent, trop conservateur, disaient-ils d'Amir quand il est venu demander ma main. Moi je rêvais de ses yeux noirs et de ses épaules larges. Ici, les femmes cachent leurs corps mais les jeunes hommes se baignent à moitié nus. Et les jeunes filles les observent en silence, du coin du voile.

1. **Satinés** : qui ont un aspect doux et soyeux.

Mon père a cédé, mes frères ont cédé. J'ai épousé Amir. Je suis venue vivre dans sa maison, dans la chambre rose. Il avait peint les murs lui-même.

Il m'a épousée dans la guerre, entre deux combats [1]. Ses mains étaient calleuses [2] et brusques. Il me touchait comme on touche une arme. La première nuit il n'a pas pu me pénétrer. Il a tremblé. Il s'est mis en colère, il a frappé le mur. Je n'ai rien dit. Finalement il s'est endormi sur le lit avec un sommeil lourd, profond, quelque chose d'animal. Son souffle m'a rappelé celui des buffles. Je n'ai pas osé m'endormir. J'ai eu peur de cet homme trop fort allongé à mon côté. Est-ce que ce soir, au creux de la nuit, au plus noir de la chambre, j'aurai peur de lui à nouveau ?

La deuxième nuit, il a réussi. Il m'a fait mal. On m'avait prévenue. Les femmes doivent avoir mal, c'est une preuve que leur mari est bien un homme. Après, il a eu un geste de tendresse, il m'a serrée dans ses bras puissants. Au matin, il a dû repartir au front. Le drap était taché de sang. Une fleur brunâtre, presque noire. L'honneur était sauf.

Je suis douce et soumise, je reste voilée dans la maison, devant mes beaux-frères, une épouse comme il faut. Je ne ris pas trop fort et ne parle pas trop. Une femme respectable.

Je suis celle qui ne questionne pas, qui ne bouscule pas. Je suis celle qui accepte sa condition, qui n'imagine pas qu'une autre vie est possible. Je balaie le sol à genoux avec des roseaux tressés. Je sucre le thé de mon époux. Je me farde chaque soir avant son retour.

1. Amir, comme Mohammed, est engagé dans des milices chiites qui combattent à partir de 2014 les forces de l'organisation État islamique (voir « Contexte historique », p. 17).

2. **Calleuses** : dont la peau est durcie et épaissie.

Je suis celle qui porte l'enfant à naître, celui qui naîtra. Je suis celle qui vivra car j'ai accepté de vivre à la mesure de la société. Je suis peut-être la plus heureuse de tous.

[7]

Khorsabad, Ninive. Mossoul[1]*. Je traverse des champs de ruines. Dans la grande ville du nord*[2]*, je longe des maisons détruites. Un géant a piétiné les quartiers. Ici même les pierres ont souffert. Le béton a hurlé, le métal gémi. La cité des hommes est devenue une fourmilière dévastée, amas de gravats sur le point de s'écrouler dans mes flots. Les hommes en noir*[3] *n'ont laissé que cendres derrière eux. Mais eux aussi sont retournés à la poussière. Un temps, mes eaux sont devenues rouges sous les ponts brisés.*

Les dieux, en forgeant l'Homme, ont implanté en lui la mort. Devant Gilgamesh, le serpent s'est emparé de la vie éternelle. Enkidu[4] *est resté poussière.*

1. Le site de **Khorsabad** se situe dans le nord de l'Irak, à environ 15 km de **Mossoul**. C'est là qu'en 713 av. J.-C. le roi Sargon II fonda la nouvelle capitale Dûr-Sharrukîn. Avec Nimrud et **Ninive**, c'était l'une des capitales de l'Empire néo-assyrien qui réussit à dominer la plus grande partie du Proche-Orient dans la première moitié du Ier millénaire avant notre ère.
2. Il s'agit ici de la ville de Mossoul.
3. Par cette périphrase, l'autrice désigne les combattants de l'organisation État islamique qui cherchent à s'imposer en Irak à partir de 2014 (voir « Contexte historique », p. 17).
4. **Enkidu** : cet homme-bête est le rival puis l'ami inséparable de Gilgamesh (voir encart « *L'Épopée de Gilgamesh* », p. 36).

[8]

La première fois que le monde est devenu rouge, j'avais neuf ans. Mon père avait cédé à mes supplications de m'emmener avec lui dans le quartier des écrivains. Depuis huit mois, nous ne sortions plus de la maison, confinés dans l'attente du retour de mon père, le soir, avec les pleurs de Layla et les chamailleries de mes frères. À la moindre minute de retard, maman devenait comme folle, se tordait les mains et invectivait le portrait de l'imam Ali [1]. Lui, barbu, souverain à côté de son lion, semblait la mépriser.

Papa ne voulait pas m'emmener, deux fois déjà il s'était trouvé dans les parages d'un attentat. Pourtant, ce jour-là, il avait cédé.

Dehors, je n'ai pas reconnu Bagdad. La ville s'était murée de béton, les gens allaient vite, aux carrefours des blindés [2] stationnés, comme de gros insectes à l'affût [3]. Des armes, partout. Les regards étaient durs, méfiants, apeurés. Les palmiers

....

1. **Ali ibn Abi Talib** (vers 600-661) est considéré par les chiites comme leur premier chef religieux. Cousin et gendre de Mahomet, il reçoit du Prophète le surnom de « Assadullâh » – le Lion de Dieu –, et l'iconographie le représente avec cet animal associé à la force et à la majesté.

2. **Blindés** : véhicules de combat, plus ou moins armés et recouverts d'un blindage.

3. **À l'affût** : aux aguets, attendant et épiant.

étaient décapités. Même la lumière semblait changée. Grisâtre, jaunâtre, salie.

En tournant dans la rue Mutanabbi, papa tenait serrée ma main dans la sienne. C'était heure d'affluence. Malgré la guerre, les attentats, les Américains [1], certains bouquinistes [2] avaient sorti leurs étals [3]. Juste avant de s'engager dans la rue, papa m'a arrêtée un instant et m'a sermonnée. *« Tu ne me quittes pas d'une semelle, Bagdad n'est plus comme avant, c'est dangereux maintenant. Je trouve mon livre et on rentre à la maison. »* J'ai hoché la tête, oui papa, tout ce qu'il voudrait. Je crois qu'il avait peur. Et moi aussi, ce monde-là commençait à me faire peur. À quoi bon sortir si je devais marcher vite avec la main serrée, sans pouvoir m'écarter, sans jouer, sans pouvoir réclamer un livre, une glace, un bracelet. Au coin de la rue, nous avons dû nous arrêter pour laisser passer une charrette pleine d'oranges. Une voiture vert sale stationnait près du trottoir. Avec le doigt, j'ai dessiné une étoile dans sa poussière.

Papa a trouvé son livre au bout de trois étals. Il me l'a montré, il souriait. J'ai oublié le titre, la couverture était bleue. Il a repris ma main dans la sienne, serrée, et l'univers a explosé. Le monde est devenu noir, rouge. Je suis tombée en arrière, j'ai vu papa tomber avec moi. J'étais sourde, ma tête tourbillonnait, les poumons pleins d'une poussière de feu, les yeux brûlants. Mes vêtements devenus gris, couverts de cendre. Papa vomissait à côté de moi. Une colonne de fumée

1. Allusion à l'occupation de l'Irak par les Américains entre 2003 et 2011 (voir « Contexte historique », p. 14).

2. **Bouquinistes** : libraires vendant des livres anciens et d'occasion.

3. **Étals** : tables où l'on expose les marchandises à vendre dans les marchés publics ou dans la rue.

noire montait dans le ciel, des pages de livres arrachées, calcinées, tournaient dans le vent.

Tout allait très vite et tout semblait figé, cristallisé [1] dans la grisaille métallique. J'ai cru que le soleil ne se lèverait plus jamais. Des gens couraient autour de nous. Au coin de la rue, là où la voiture vert sale avait explosé, il y avait un brasier. Juste en face, au bord de la route, une petite fille hurlait en tenant la main de sa mère. Aucun bras n'était attaché au bout. La mère n'était plus qu'un amas de chair et de métal, un magma rouge et noir et qui semblait comme grouillant. Et l'enfant était couverte de ce sang et de ce sang et de ce sang comme une blessure béante et elle hurlait pour réveiller sa mère et la main pendait au bout de son bras.

Enfants, dans la cour de la maison, mes frères attrapaient des lézards et nous leur coupions la queue dans l'espoir toujours déçu de la voir repousser. Aujourd'hui les enfants de mon pays demandent à leur mère si leur bras va repousser. Nous sommes un pays de mutilés, d'ensanglantés, un pays d'ombre et de fantômes. Mort, Abdallah, qui vendait du thé au coin de notre rue. Morte, Sarah, allée acheter des oranges un jour d'attentat. Morte, la mère au bout de la main. Morts, morts, morts, et moi bientôt, morte. De la main des miens. Fuir ? Pour aller où. Pour faire quoi. Mon corps est si lourd, du plomb dans mes veines.

1. **Cristallisé** : solidifié, immobilisé.

[9]

Enkidu ne lève plus les yeux
Gilgamesh lui touche le cœur
son cœur ne bat plus.
Alors comme une fiancée
il couvre le visage de son ami
comme un lion il rugit autour de lui
il va et vient en regardant Enkidu
comme une lionne à qui on a enlevé ses petits.
Il arrache ses cheveux et les jette à terre
il déchire ses beaux vêtements
et les rejette comme un sacrilège[1].

1. **Sacrilège** : offense à ce qui est sacré. Gilgamesh se dépouille de ses vêtements royaux pour rendre hommage à son ami Enkidu, qui, avant de le rencontrer, vivait avec les gazelles, broutait l'herbe et courait la steppe (voir encart « *L'Épopée de Gilgamesh* », p. 36).

[10]

Le grand cercueil qui ramenait Mohammed était vide. Les hommes aux bandeaux verts [1] n'ont pas eu de mal à le descendre de la voiture. Le bois était couvert d'un drapeau émeraude, lisse, brillant. Les combattants avaient le visage fermé, la mère de Mohammed se déchirait la poitrine. C'est Hassan, le plus petit de mes frères, le plus gentil, qui m'a raconté la scène. Amir n'aurait jamais permis que j'y sois.

Ce soir-là, les claquements des kalachnikovs [2] ont résonné tard dans la nuit. À chaque martyr, les hommes tirent sur les étoiles et les femmes déchirent leurs voiles.

Amir était rentré avec le cercueil. Il connaissait Mohammed depuis l'enfance, nous étions partis ensemble de Bagdad. C'est lui qui m'a appris la nouvelle. Ali savait, lui aussi. Le téléphone avait sonné dans la nuit, Ali avait évité mon regard toute la journée. Amir est entré dans la maison avec une odeur de mort, les yeux creusés, un peu fous. À ce moment-là, mon sang ne coulait plus depuis un mois. J'ai su ce qu'il allait dire avant qu'il ne le dise. Le sol a tangué sous moi. Je jure que la

....

1. Cette périphrase désigne les combattants chiites, appartenant à différentes milices, qui luttent contre l'organisation État islamique à partir de 2014 (voir « Contexte historique », p. 17).

2. **Kalachnikovs** : fusils d'assaut soviétiques.

terre a tremblé. Les murs sont devenus obliques. Je me suis accrochée au mur, Amir a tendu les mains, m'a rattrapée, il n'a pas souvent de gestes de tendresse. Il savait que nous nous aimions, il avait donné son accord pour nos futures fiançailles.

Le linceul[1] vide a été enfoui dans notre terre sèche, cette terre qui ne semble jamais rassasiée du sang. Le corps de Mohammed est resté à Mossoul, cendres parmi les cendres, brûlé, écrasé, effacé par la bombe qui a anéanti l'immeuble de la rue Farouq.

1. **Linceul** : pièce de toile dans laquelle on ensevelit un mort.

[11]

Amir

Je suis le frère, celui par qui la mort arrive. Je suis l'homme de la famille, l'aîné, le dépositaire de l'autorité masculine – la seule qui vaille, qui ait jamais valu. Je suis le frère qui a pris le rôle du père. Je règne sur les femmes.

Je suis l'assassin. Je vais tuer tout à l'heure et je l'ignore encore. Que ferais-je si je le savais ? Ferais-je demi-tour dans l'allée poussiéreuse ? Je vais tuer tout à l'heure et je penserai que je n'ai pas le choix. Sa vie ou notre honneur à tous. Ce n'est pas moi qui tuerai, mais la rue, le quartier, la ville. Le pays.

Tout à l'heure je tuerai pour la première fois. Les morts de la guerre ne comptent pas, ils n'ont pas de nom, pas de visage. Leurs morts sont nos vivants. Nos victoires. J'ai appris cela à la guerre et bien d'autres choses encore. Les mains qui tremblent après le combat, la peur si profonde, glaçante, qui paralyse ou qui rend fou ou qui parfois exalte jusqu'à un orgasme de feu, ceux-là se croient invincibles et meurent l'instant d'après. J'ai appris le froid, le chaud, la saleté et la pestilence [1]. Les rats et les chiens et les chats rendus déments [2]

1. **Pestilence** : odeur infecte.
2. **Déments** : fous, furieux.

par les bruits de la guerre et la viande humaine. Le ventre en griffe de fer [1]. L'urine le long des jambes, que tout le monde tait. Le sifflement du missile et la surdité [2] ouateuse [3] qui suit l'explosion. Les rires trop forts pour être vrais, la solidarité des armes et la pensée qui vient quand on entend l'avion – *qu'il bombarde n'importe où mais pas ici*. Nous nous disons frères mais jamais notre solitude n'a été plus grande. Qu'ils meurent tous si moi je survis.

Mohammed était comme mon frère, pourtant quand j'ai vu son corps j'ai eu peur et j'ai été étrangement soulagé, *ça aurait pu être moi*. Ces choses-là on ne les dit pas mais c'est ce à quoi on pense couché sur le sol dans la boue. La guerre n'est pas noble ni grandiose ni courageuse la guerre ce sont des hommes effrayés couchés dans la fange [4] et la merde qui prient Dieu pour ne pas mourir. C'est un luxe de pouvoir rester en paix.

Je suis revenu de la guerre mais les avions m'accompagnent chaque nuit. Ils tournent au-dessus de moi, ils envahissent la chambre rose, ils font trembler ma tête. Je suis revenu et chaque nuit les avions me visitent. Je fixe le plafond en attendant la bombe qui ne tombe jamais, je fuis la chambre, je fuis le regard et les bras trop doux de ma femme, je marche dans les rues, je m'assois au bord du grand fleuve. Je croise des hommes comme moi. Nous sommes devenus un pays d'insomniaques. À l'aube, les avions repartent, je peux enfin dormir.

1. Par cette image, Amir évoque la faim.
2. **Surdité** : abolition du sens de l'ouïe.
3. **Ouateuse** : qui atténue avec douceur – comme un coton de ouate – tous les bruits alentour.
4. **Fange** : boue liquide et souillée.

J'ai survécu à la guerre et ce soir je vais tuer. Je vais mourir un peu en tuant. Mais mon bras ne tremblera pas.

Tremblera-t-il ?

[12]

Il y a un arbre, sur ma rive, qui vient du Paradis[1]. *C'est là qu'Ève a cueilli la pomme. L'arbre interdit, l'arbre de la connaissance.*

Les hommes y croient. L'arbre est tout frêle[2], *desséché, entouré d'une barrière. Il a vu toutes les guerres de cette terre. Pourtant les hommes continuent d'y accrocher des rubans, des papiers qui demandent la vie et la paix.*

---

1. Le **Paradis** chrétien, ou Éden – décrit dans le livre de la Genèse de la Bible –, aurait été situé dans le Moyen-Orient, près de l'ancienne Mésopotamie.
2. **Frêle** : délicat, fragile.

[13]

Hassan avait écouté les miliciens. Les hommes avaient parlé, entre prières et pleurs, pendant les trois nuits de veillée funéraire. Amir et ses *frères* d'armes [1] avaient raconté. D'abord Hassan n'a pas voulu me répéter, puis il a cédé. La mort de Mohammed avait eu des ailes d'acier et un bruit de métal.

C'était le matin. La brume se dissipait sur le Tigre. Ils avançaient par petits groupes, courbés, rapides, rageurs, exaltés [2], effrayés. Ils croisaient parfois des civils aux regards de fantômes. Les enfants pleuraient fort ou restaient très silencieux, les femmes se cachaient, les hommes sortaient les mains en l'air. Il y avait les bruits des armes, et puis ce silence très particulier de la guerre, ce silence épais, consistant, glaçant comme un brouillard. Dans la grande ville du nord, tout le monde avait peur depuis longtemps. Le frère avait trahi le frère, le voisin avait dénoncé le voisin. Quatre fils d'une même famille avaient choisi des rangs ennemis et s'étaient entretués [3].

....

1. **Frères d'armes** : compagnons lors d'une guerre ou d'une bataille. L'italique rend ironique cette notion de fraternité dans la guerre... Il en va de même plus loin quand la narratrice évoque « *leurs* quartiers ».

2. **Exaltés** : qui se caractérisent par des opinions extrêmes, l'ardeur à convaincre, à combattre.

3. Comme dans toutes les guerres civiles, certains membres prennent des partis différents et les familles se déchirent... La narratrice évoque ceux qui, à Mossoul,

La ville empestait la mort. C'était douceâtre, un peu sucré, un peu écœurant, un peu métallique. L'odeur des charognes. Dans les narines, sous les vêtements, sous la peau, sous les ongles. La mémoire olfactive de la mort. Cette odeur-là ne se lave pas. Elle revient frapper sans prévenir, quand on mange ou quand on dort ou dans l'amour elle s'insinue et remplit le nez, la tête, la chambre, et revoilà la rue Farouq et Mossoul et les cadavres à pourrir.

Le bourdonnement de métal était déjà là-haut, dans le ciel. Mais c'était un bruit rassurant. Les anciens adversaires aidaient cette fois à combattre l'ennemi nouveau. On ne les voyait jamais. Ils frappaient de très haut, dans le ciel, blessant l'azur avec leurs bombes et leur acier. De gros insectes sourds, insaisissables. Quelques jours plus tôt, les hommes en noir avaient abattu un hélicoptère de l'armée. L'oiseau de feu était tombé sur la ville. Après, dans *leurs* quartiers, les tirs de joie avaient retenti jusque tard dans la nuit. À la guerre, les hommes célèbrent la mort comme ils fêtent la vie en temps de paix.

Les hommes avançaient rue Farouq. Des balles ont claqué. Deux détonations sèches, un sniper[1]. Le groupe de Mohammed s'est réfugié dans un immeuble. La façade était béante, les étages supérieurs dégueulaient du béton tordu, courbé, des tiges de métal emmêlées. Un pilier semblait suspendu dans le vide, les plafonds ne tenaient qu'à un fil. La guerre modifie les lois de la matière.

Là-haut, le métal bourdonnait toujours. C'est arrivé très vite. Un déchirement du ciel, un sifflement, un éclair blanc,

ont pris le parti des combattants de l'État islamique, tandis que d'autres ont choisi de les combattre. Il s'agit d'une anecdote véridique.

1. **Sniper** : tireur isolé et embusqué.

rouge, noir, les hommes ne savaient plus, les couleurs se mélangeaient dans les récits. Le béton tombait. Une fraction de seconde comme suspendue. La fin du monde. Une erreur de tir.

Il n'y a pas eu de corps à récupérer, à laver, à pleurer. Dans le cercueil, ils ont mis des vêtements, le keffieh[1] noir qu'il portait parfois. Je crois qu'ils ont menti à sa mère.

....

1. **Keffieh** : foulard de coton, coiffe traditionnelle au Moyen-Orient.

[14]

Mohammed

Je suis mort. Je suis allongé sous le béton et le métal. J'ai le corps tordu et la nuque brisée. Quelqu'un, très loin, très haut contre le ciel ou bien encore plus loin devant un écran désincarné[1], quelqu'un s'est trompé d'immeuble, ou de rue ou de quartier ou d'uniforme. Je suis mort par erreur. C'est une fin stupide. Je rêvais d'héroïsme, je suis un dégât collatéral[2].

Je suis mort et je ne serai jamais père, jamais époux, jamais plus amant ni ami. Mon corps a déjà pourri pourtant je me souviens de la force de mes bras et du désir qui brillait parfois dans les yeux des filles quand nous, les garçons, nous baignions au grand fleuve dans des éclaboussures argentées. Je suis une charogne pourtant je n'oublie pas la chambre verte.

Je suis mort et ma mort en entraînera d'autres. La femme que j'ai voulue pour mon plaisir. Mon enfant qui ne naîtra pas. Ma jouissance a été leur châtiment. Dans ce pays de sable et de scorpions, les femmes payent pour les hommes.

1. **Désincarné** : éloigné de la réalité, de la vraie vie.
2. **Dégât collatéral** : expression qui désigne les victimes civiles ou les dégâts matériels causés involontairement lors d'opérations de guerre. Ici, c'est également une façon d'évoquer la désinvolture avec laquelle la « coalition anti-EI » a traité la question des victimes civiles de ses bombardements.

[15]

J'ai observé les hommes en noir. Ils sont arrivés du couchant, en cris et en armes. Les premiers temps, ils ont su manier les hommes et les foules. Juin fumait ses dernières cigarettes sur mes berges. En juillet, l'obscurité [1] *a envahi Ninive.*

1. Cette image de l'obscurité suggère la terreur imposée par le régime du califat proclamé par l'organisation État islamique en Irak en 2014.

[16]

Amir rentrera ce soir, et la mort entrera avec lui dans la maison. La mort aura le visage fatigué, le pas un peu bas, désaxé. Mon frère est resté boiteux depuis qu'une balle lui a traversé la jambe, sur le pont de Tikrit [1].

Amir ignore encore qu'il est un assassin.

La mort est en route, elle a quitté Mossoul dans ces grosses voitures blanches aux vitres teintées, remplies d'armes et de combattants, avec dans leur sillage les visages sévères et fardés des imams sur de grands drapeaux.

Il a téléphoné tout à l'heure à Baneen, ils avaient passé Bagdad.

Baneen sait. Elle m'en veut de savoir. Elle n'a pas posé de question, rien dit. Elle est partagée entre son devoir d'épouse et sa pitié pour moi. Son ventre à elle porte la vie, le mien la mort. Ce sera son premier enfant. Amir est heureux de devenir père.

1. **Tikrit** est une ville irakienne traversée par le fleuve Tigre et située au nord de Bagdad (voir cartes, p. 20-21). En 2014, la ville est le théâtre de violents affrontements entre les combattants de l'État islamique, soutenus par les forces rebelles sunnites, et l'armée irakienne et les milices chiites : bombardements, massacres et exactions sont commis dans les deux camps. La ville, largement détruite, est reprise en mars 2015 par les forces armées irakiennes.

Ils sont mariés depuis un an, elle ne connaît pas encore sa violence. De lui, elle sait les muscles puissants, la barbe noire, et la chambre rose qu'ils partagent au fond de la maison.

Ce fut un mariage de guerre, Amir est reparti au front le surlendemain sous les clins d'œil et les accolades[1] viriles, belliqueux[2] et satisfait et soulagé d'être enfin un homme.

Amir a bien choisi, dit ma mère. Baneen est une *bonne épouse*. Elle ne quitte pas la maison, ne parle pas trop fort, connaît sa place. Prévient les moindres désirs de son mari. Baneen est une ombre empressée et voilée. Elle s'active à la cuisine, dans les chambres, ces tâches domestiques qui sont son univers, dans lesquelles elle s'absorbe, se fond, se perd, jusqu'à s'y dissoudre complètement.

1. **Accolades** : gestes qui consistent à serrer quelqu'un dans ses bras pour lui manifester de l'attachement, de l'amitié ou de l'affection.
2. **Belliqueux** : violents, désireux de se battre.

[17]

Hassan

Je suis celui qui n'est pas encore un homme. Le petit frère, le garçon qui appartient encore au monde des femmes. Elles ne se voilent pas devant moi, cela viendra plus tard. Je suis le favori de ma sœur et c'est à moi qu'elle manquera le plus.

Si je pouvais, si j'étais un homme, j'arrêterais le bras de l'assassin.

Je suis le gentil, le tendre, je n'ai pas encore intégré toutes les règles qui feront de moi un mâle. Me sauverai-je de ce carcan [1] ? Deviendrai-je comme mon frère, un assassin ? Ou fuirai-je ce monde trop étroit, trop noir ? Ici, tous les jeunes hommes veulent partir. Il n'y a pas d'avenir ici, disent-ils assis au bord du fleuve. Regarde nos femmes, nos sœurs, nos filles, disent les plus osés, quel malheur de les voir en fantômes noirs. Mais ceux-là mêmes gardent jalousement l'honneur de leurs sœurs, leurs femmes, leurs filles. Ceux-là mêmes tueraient s'il le fallait, comme le fera mon frère ce soir.

Ici tous veulent partir mais très peu s'en vont. La violence nous chasse des grandes villes, les frontières se ferment devant

1. L'image du **carcan** désigne ce qui entrave la liberté, ici les règles sociales et patriarcales (imposées notamment sous le couvert de la religion).

notre passeport couleur de deuil. Alors nous restons au bord du fleuve, bien contents déjà d'être loin des hommes en noir et de leur folie.

Je suis le garçon dont l'avenir n'est pas encore écrit. Je suis celui qui, peut-être, ne sera pas un assassin.

[18]

Mes eaux sont depuis longtemps empoisonnées. Mon flot est large et lourd, mes berges limoneuses[1]*, mais je meurs peu à peu. Je meurs car depuis longtemps les hommes ont cessé de m'aimer et de me respecter. Ils ont pris goût au désastre.*

Je ne suis plus source mais ressource, et les hommes de cette terre aride[2] *ont oublié qu'ils ne pourront pas vivre sans moi. Ils périront avec moi car nos destins sont liés.*

1. **Limoneuses** : qui contiennent du limon, terre fine et fertile mêlée des débris organiques charriés par les fleuves.
2. **Aride** : sèche, stérile.

[19]

Quand je suis née, Amir avait six ans. Quand notre père est mort, il en avait seize. Il a occupé la place et l'autorité paternelle. Mais jamais il n'a eu, ni dans les yeux, ni dans la voix, ni dans les gestes, la douceur de mon père que j'ai cru, parfois, retrouver chez Mohammed.

Enfant, je n'aimais pas Mohammed. Je n'aimais aucun des amis d'Amir. Ils me chassaient de leurs jeux, vaguement moqueurs, puis plus tard, leurs regards inquisiteurs [1]. Mohammed était l'un d'eux, maigre et noiraud [2], silencieux, un peu secret. Il élevait des colombes sur le toit. Je revois le vol blanc des oiseaux, en cercle au-dessus de lui. C'était notre voisin rue Fellah, à Madinat as-Saddam [3]. Notre banlieue crasseuse, grise de poussière, bardée de drapeaux noirs, rouges, verts [4]. Le

1. **Inquisiteurs** : cherchant à découvrir quelque chose de façon indiscrète, insistante.

2. **Noiraud** : qui a les cheveux noirs ou un teint brun très marqué (terme familier).

3. Cette ville de la banlieue est de Bagdad s'appelait auparavant Thawra. Sous le régime de Saddam Hussein (de 1979 à 2003), elle reçoit le nom de Madinat al-Saddam ; elle devient ensuite Moqtada al-Sadr ou Sadr City en 2003, en l'honneur de l'influent iman et leader politique chiite Moqtada al-Sadr, alors opposé à l'occupation américaine.

4. Le drapeau irakien est barré horizontalement de trois bandes, une rouge, une blanche (sur laquelle est frappée la devise « Allah akbar » – « Dieu est [le] plus grand » – inscrite en vert) et une noire.

deuil, le jihad [1], la foi. La trinité [2] des miséreux. L'endroit a changé de nom en changeant de régime, Saddam a cédé la place à Moqtada. La misère est restée. Aujourd'hui, on l'appelle Madinat as-Sadr, *Sadr City*, et les Américains en ont peur.

Mohammed était fils unique. Latifa, sa mère, me donnait des gâteaux aux dattes et à la cardamome [3]. Les jours de fête, son rire résonnait dans tout le quartier. Son père avait perdu un bras sur le front iranien [4], avant notre naissance à tous. Il restait assis des heures face au mur, plongé dans ses pensées. Latifa était gaie pour deux.

Quand nous avons quitté Bagdad, ils sont partis avec nous. Il pleuvait ce jour-là. Le ciel sale était amorphe [5], des larmes glacées essuyaient celles de ma mère lorsqu'elle a fermé la porte de la maison. Mon père était mort une semaine plus tôt, un arrêt du cœur dans la nuit. La veille, il s'était trouvé à nouveau dans les parages d'un attentat. Il était rentré blanc comme linge, essoufflé, les mains crispées sur sa poitrine. Il est mort dans la nuit.

On l'a enterré le lendemain au Wadi Salaam [6], à Najaf. Un trou dans le sol parmi des millions d'autres. J'ai eu mal pour

1. **Jihad** : ce mot arabe désigne à la fois un effort sur soi-même pour lutter contre ses mauvais penchants, pour être le meilleur musulman possible, et un devoir collectif de propager l'islam à travers le monde, au besoin par les armes.

2. **Trinité** : groupe de trois principes qui forme une unité – ici la trinité est celle « [du] deuil, [du] jihad, [de] la foi ».

3. **Cardamome** : épice traditionnelle.

4. Allusion à la guerre entre l'Iran et l'Irak, de 1980 à 1988 (voir « Contexte historique », p. 13).

5. **Amorphe** : qualifie ici le ciel vitreux, brouillé.

6. Le **Wadi-us-Salaam** (« La vallée de la Paix ») est un cimetière situé dans la ville sainte chiite de Najaf. Comptant parmi les plus grandes nécropoles du monde (plus de cinq millions de personnes y reposeraient, il entoure le mausolée

papa quand les pelletées [1] sont tombées sur le drap blanc. J'aurais voulu que la terre se fasse légère pour lui. Maman était comme folle, Amir et Ali ont dû la retenir au bord du trou. Mohammed était là avec son père. Ils ne disaient rien. Hassan pleurait doucement. J'avais Layla dans les bras. Un vieil homme disait des prières au bord de la fosse. Après, il fallut le payer. C'est Mohammed qui a sorti les billets.

Au retour à Bagdad, le soir, Latifa nous attendait, énorme et maternelle. Elle a pris maman dans ses bras, comme on berce une enfant. Puis elles se sont enfermées toutes les deux, tandis que Mohammed discutait avec Amir, Ali et son père. Ils décidaient de quitter Bagdad.

d'Ali Ibn Abi Talib (voir note 1, p. 78) et constitue à la fois un lieu de recueillement et de pèlerinage.

1. Une **pelletée** correspond à la quantité – ici de terre – qu'on peut ramasser en une fois avec une pelle.

[20]

Madinat as-Salaam. La ville de la paix est devenue cité de guerre, de béton et de sang. Mais avant cela, quelle splendeur fut celle de Bagdad. Le long de mes berges, palmiers et palais frôlaient mon flot. J'ai baigné les califes[1] *et les princesses aux longs cheveux. Aujourd'hui, Bagdad la tourmentée déverse en moi ses vomissures, sa bile*[2] *et ses blessés.*

....

1. **Califes** : souverains musulmans, possédant à l'origine les pouvoirs spirituel et politique.

2. La **bile** est un liquide visqueux et amer, sécrété par le foie et qui sert à la digestion. Au sens figuré, l'expression « déverser sa bile » signifie se soulager en s'abandonnant à sa colère.

[21]

Nous allâmes vers le sud. Parmi les palmeraies et le long du grand fleuve, la vieille voiture de Mohammed cahotait [1] sur la route. Amir avait réussi à en emprunter une autre pour transporter ce qui restait de nous et de nos affaires. Maman avait emporté les costumes de mon père mais abandonné le grand portrait de l'imam Ali qui n'avait pas su nous protéger. Layla et moi étions dans la voiture de Mohammed, avec ses parents. Son père était assis devant, sur le siège passager. Je voyais son épaule inachevée, son bras manquant. Mohammed conduisait en silence, mâchoires serrées. Quand nous étions montés en voiture, à Bagdad, il s'était retourné vers la maison et je crois que des larmes brillaient dans ses yeux. Avant de partir, il avait ouvert la cage des colombes, sur le toit. Ses oiseaux n'avaient pas voulu sortir. Il avait dix-sept ans.

Partout, le désert grisâtre. Des voitures calcinées sur les bas-côtés. Le monde était gris jaunâtre, cette lumière étrange de fin d'hiver, une ambiance de fin du monde. Dans les palmeraies, les palmiers étaient décapités par la guerre. Immenses silhouettes sans tête, à perte de vue. Comme des soldats vaincus et décharnés. Comme une armée de morts au milieu des sables.

1. **Cahotait** : était secouée.

Toutes les heures, parfois plus, parfois moins, un barrage des Américains ou de l'armée nous faisait ralentir, arrêter. Les hommes sortaient mains sur la tête, les femmes restaient groupées. J'avais dix ans, je ne portais pas encore de voile.

À un barrage, un soldat blond a crié sur les hommes dans une langue étrangère. La gueule noire de son arme nous toisait. Il les a fait mettre à genoux, pour le plaisir, pour l'humiliation. Quand nous sommes repartis, Mohammed a craché par la fenêtre.

Nous sommes arrivés au soir. La rue était plongée dans l'obscurité, les coupures [1] étaient aussi fréquentes ici qu'à Bagdad. On n'entendait pas de bruits de guerre, seulement le piaillement des derniers oiseaux et les grognements sourds des buffles noirs, leur souffle lourd. L'odeur était différente, humide. Au loin, les lumières d'une ville qui n'était plus Bagdad se reflétaient sur la courbe du Tigre.

Nous étions attendus. Une femme est sortie dans son abaya noire. Dans la nuit, elle semblait un fantôme. Elle étreignit les femmes, embrassa Layla et Hassan et me caressa les cheveux. Puis elle nous mena dans une petite maison où nous allions tous loger en attendant mieux. C'était la sœur de mon père.

1. Il s'agit des coupures d'électricité.

[22]

La mère

Je suis la mère. La femme vieillie prématurément, le corps informe sous les voiles noirs, la bouche édentée de trop d'enfants, les cheveux toujours cachés, même derrière les portes closes. Je suis une forme vague et fruste, j'ai des boitillements de vieillarde et je n'ai pas cinquante ans.

Ma vie s'est déroulée derrière des murs et des voiles, dans la soumission aux hommes et dans ce monde si particulier des femmes d'ici qui opère comme un miroir déformant sur les êtres et les choses.

Ma vie est derrière moi et je ne sais plus ce que j'ai vécu. J'ai glissé sur les joies et les peines en acceptant mon sort, j'ai épousé l'homme qu'on me destinait, j'ai eu des enfants, j'ai traversé des guerres. À chaque enfant, à chaque guerre, à chaque humiliation quotidienne de ce monde fait pour les hommes, je me suis voûtée un peu plus, je me suis tassée sous mes voiles noirs. Il y a bien longtemps que je ne ris plus.

Je suis vieille et le monde de mes enfants m'est étranger. J'ai consciencieusement appliqué à mes filles les règles qui m'avaient été imposées. J'ai bâti autour d'elles la même prison que pour moi. J'ai justifié mon monde en le reconduisant.

L'amour maternel ne me fait pas défaut mais il s'est terni sous les interdictions et les obligations, sous les voiles et les frustrations. Ai-je été aimée dans ma vie d'adulte ? Ai-je aimé le père de mes enfants ? J'ai écarté ces questions parce qu'elles ne servent à rien, parce que ma mère à moi m'a appris à ne pas les poser. Parce qu'elle a bâti autour de moi la même prison que pour elle.

Ai-je rêvé d'autre chose un jour ? D'une autre vie, d'un autre possible ? Suis-je restée éveillée la nuit, au côté de mon époux plus âgé, à imaginer des frissons dans le ventre et des serments chuchotés avec un garçon sans visage ? Si j'ai un jour rêvé, je ne m'en souviens plus. Notre monde n'est pas fait pour les rêves.

Je suis la mère et je suis absente, confite en dévotion[1] et en douleur obligatoire sur la tombe de mon mari, dans la vallée des morts. On va tuer ma fille. Amir attendra-t-il que je rentre ? La route est longue par le car des pèlerins[2]. Mon fils va tuer ma fille et je ne m'y opposerai pas. M'y opposerai-je si je rentre à temps ? J'ai depuis trop longtemps accepté les règles.

---

1. **Confite en dévotion** : imprégnée de religiosité.
2. **Pèlerins** : personnes qui font un pèlerinage religieux.

[23]

Au sud, ma blessure, mon âme. Une fois déjà, mon flot tari[1] *a abandonné les joncs où s'abreuvaient jadis gazelles et lions.*

C'est ici que les deux veines[2] *de la Mésopotamie se rejoignent. Le grand pays salé*[3] *de Sumer*[4] *où voguaient les barques d'argent.*

....

1. **Tari** : épuisé. Comme l'Euphrate, le Tigre traverse en Irak une région essentiellement désertique et son alimentation en eau dépend des contrées montagneuses étrangères (voir note 1, p. 70).
2. Cette image désigne le Tigre et l'Euphrate.
3. L'expression « **pays salé** » désigne la région marécageuse située entre le Tigre et l'Euphrate, dans le sud de l'Irak et de l'Iran.
4. **Sumer** : partie méridionale de la Mésopotamie antique, où s'est développée une importante civilisation à compter de la fin du IVe millénaire av. J.-C. et durant le IIIe millénaire av. J.-C.

[24]

Longtemps, je n'ai vu en Mohammed qu'un ami de mon frère, un peu taiseux [1], un peu sombre. J'essaye de toutes mes forces de me rappeler à quel moment j'ai vu du velours dans ses yeux. Quel geste m'a tenue éveillée, la nuit, les pensées fixées sur lui, le ventre en papillons [2]. J'ai tout oublié depuis sa mort. La cendre a envahi ma mémoire. Plus j'appelle son visage, plus il m'échappe. Ses contours sont flous, je ne vois plus ses yeux. Il est très loin.

Il a posé le premier mot à l'heure la plus chaude. À l'été, quand hommes et bêtes sont écrasés de chaleur, que le vent brûle les yeux et les lèvres. Il ne venait pas à cette heure d'habitude. Il arrivait plus tôt ou plus tard, en voisin, en sourire, en tapant fort au portail pour signaler sa présence et que nous, les femmes, puissions couvrir nos cheveux et préserver notre honneur. Les hommes aussi respectent les règles.

Ce jour-là Amir était sorti, maman, je ne sais plus. C'était pendant la paix [3], avant que la guerre ne recommence à dévorer l'Irak. Amir et Mohammed n'étaient pas encore engagés

1. **Taiseux** : peu bavard.
2. Cette expression décrit de façon imagée l'état amoureux.
3. Il s'agit de la période entre 2011 et le début du conflit qui, en 2014, opposa les combattants de l'État islamique et l'armée irakienne, secondée par les milices chiites (voir « contexte historique », p. 13).

dans les milices. Ils travaillaient parfois dans des cafés, sur des chantiers. Le travail était rare, les hommes désœuvrés [1] dormaient tard puis tuaient le temps en dominos [2]. Le soir, ils marchaient sur les rives du fleuve pendant des heures. Les femmes n'avaient pas ces indolences [3]. Le travail domestique est sans fin.

J'allais à l'école le matin. Tout semblait normal. J'aimais déjà Mohammed. Depuis plusieurs mois, je n'osais plus le regarder en face. Toutes les heures étaient l'attente terne, infinie de sa venue. Puis il venait, et l'univers était en place. J'apportais le thé en gardant le regard baissé.

Ce jour-là, il a ébouriffé les cheveux de Layla, plaisanté avec Ali, avec Hassan qui se préparait pour l'école. Mes frères sont partis, et Mohammed a attendu Amir. Il était assis dans la chambre verte, les matelas repliés depuis le matin en haut de l'armoire. L'air était poisseux, opaque, au plafond le ventilateur désespérément immobile. Il aspirait son thé à petites gorgées. Il ne me parlait pas. Je sentais le mur contre mon dos. Mon ventre en étau [4].

Soudain il a demandé si je me rappelais Bagdad, la rue Fellah, le marchand de glaces en été. Il s'est mis à évoquer notre enfance. Je l'observais, en face de moi sur le sol nu. Il était terriblement beau, terriblement vivant. Depuis la mort de mon père, notre maison était comme morte, ma mère aussi. Le noir nous avait envahis. Mohammed était une bouffée de vie.

1. **Désœuvrés** : sans travail.
2. **En dominos** : en jouant aux dominos.
3. **Ces indolences** : ces moments où elles pouvaient apprécier de ne rien faire.
4. **En étau** : serré.

Il ne portait pas encore la barbe, ses joues étaient nues, anguleuses [1]. Il s'animait, ses longues mains dessinaient Bagdad dans l'air tiède. Des rues, des plans, le grand carrefour de Kadhimiya. Les *casinos* le long du fleuve avec leurs lumières dans l'eau et leur parfum de narghilé [2], cette douceur de vivre des hommes dans le murmure des dés et le claquement des dominos. Les familles en pique-nique sur Abu Nawas [3], les balcons ottomans [4] et les spirales infinies des colombes dans le ciel. Il racontait pour moi, pour lui-même, les yeux brillants. Je buvais son regard noir, ses longs cils, ses gestes. Il ne portait qu'une seule bague, à la main gauche. Une turquoise enchâssée [5] d'argent. Et puis, alors qu'il allait rue Rasheed, avec ses cinémas ses vendeurs ambulants son ciel sans bombe et ses portraits de Saddam [6], il s'est interrompu, comme s'il découvrait ma présence. Il a baissé les yeux. Il l'a dit à voix basse, presque sans le dire. *Tu es devenue belle.*

Je n'ai rien dit, pas su, pas osé. Dehors, le grand portail noir a claqué. Le pas d'Amir n'était pas encore désaxé. J'ai rajusté mon voile, quitté la chambre verte, je suis partie loin dans la maison pour que mon frère ne devine pas mon regard en printemps [7], la trahison. Le manquement à l'honneur.

....

1. **Anguleuses** : maigres, creuses.
2. **Narghilé** : pipe à long tuyau souple communiquant avec un flacon d'eau aromatisée.
3. **Abu Nawas** : grande avenue qui longe le Tigre à Bagdad.
4. **Ottomans** : dans un style architectural qui évoque l'Empire ottoman, dont le territoire, entre le XIVe siècle et 1922, recouvrait une grande partie du Moyen-Orient.
5. **Enchâssée** : sertie, entourée.
6. **Saddam Hussein** (1937-2006) : homme politique au pouvoir en Irak entre 1979 et 2003. (voir « Contexte historique », p. 13).
7. Cette expression imagée suggère – car le printemps est un symbole de renouveau et de vie – la métamorphose que la découverte de l'amour opère sur la jeune fille.

Ensuite, en apportant le thé, j'ai senti les yeux de Mohammed, à la dérobée[1], à l'insu de[2] mon frère.

Plus tard, bien plus tard, il m'a donné la turquoise enchâssée d'argent. La bague était trop grande, flottait à chacun de mes doigts. Je l'ai passée à une chaîne, une longue chaîne pour que mes frères ni ma mère ne posent de questions. Amir aurait reconnu la bague.

1. **À la dérobée** : en cachette, furtivement.
2. **À l'insu de mon frère** : sans que mon frère le voie.

[25]

La courtisane[1] *enlève ses vêtements*
dévoile ses seins, dévoile sa nudité
et Enkidu se réjouit des charmes de son corps.
Elle ne se dérobe pas, elle provoque en lui le désir.
Elle enlève ses vêtements
et lui Enkidu tombe sur elle.
Elle apprend à cet homme sauvage et innocent
ce que la femme enseigne.
Il la possède et s'attache à elle.
Six jours et sept nuits Enkidu sans cesse
possède la courtisane.
Lorsqu'il est rassasié de ses charmes
il lève son regard vers ses compagnons
mais en le voyant les gazelles se détournent de lui
et les bêtes sauvages le fuient[2].

1. **Courtisane** : sorte de prostituée.
2. Dès lors qu'Endiku a connu les raffinements de l'amour humain, les animaux parmi lesquels il vivait le rejettent : il n'est plus l'homme « sauvage et innocent » qu'il était (voir encart « *L'Épopée de Gilgamesh* », p. 36).

[26]

Tikrit l'avait changé. Mohammed était revenu avec le printemps, vivant, mais quelque chose était mort en lui. Longtemps, j'avais cherché l'homme que j'aimais dans ses yeux devenus fuyants, éteints, dans ses mains plus molles et plus agressives. La rumeur de la guerre était parvenue jusqu'à nous, elle avait vogué le long du fleuve avec ses récits de batailles, de massacres, de maisons brûlées et de femmes violées.

Il s'était engagé avec Amir, les deux amis étaient devenus frères d'armes. On leur avait distribué un bandeau vert et une kalachnikov. Les garçons de la ville partaient par dizaines, ils répondaient à l'appel des turbans [1], gagnaient une place au Paradis, défendaient nos sanctuaires [2], notre terre, contre les hommes en noir.

Je n'aimais pas les miliciens, avec leurs rires trop hauts, leurs airs conquérants, leurs yeux sévères, inquisiteurs, qui paraissaient fouiller le voile des femmes, ces mêmes voiles qu'ils exigeaient et qu'ils semblaient ensuite ôter du regard. Ils croient avoir le monopole de l'honneur et de la virilité. Le monopole de Dieu.

1. Par métonymie, « **les turbans** » désignent ici les imams.
2. **Sanctuaires** : lieux saints.

Les convois se succédaient sur la route, bardés de drapeaux montrant l'imam Ali ou Hussein [1], beau, terrible, ensanglanté. Au retour, les hommes un peu fous arrivaient en armes, ils avaient des gestes de guerre ou des silences de mort. Ils se déplaçaient en envahisseurs ou en bêtes traquées dans les maisons. La nuit, certains hurlaient dans leurs cauchemars, poursuivis par les bombes ou les hommes en noir ou des cadavres aux yeux crevés.

Mohammed, parfois, racontait dans la chambre verte. Falloujah, Ramadi, Jalawla [2]. La peur, la fatigue, la saleté, la faim. Il portait la mort sous la peau. Parfois, il demandait pardon de faire entrer la mort ici. Un jour, il s'est inquiété de savoir si son odeur avait changé. Il avait l'impression de porter cette odeur de charogne, de sang et de métal, vaguement sucrée. Il ôtait mon voile et respirait mes cheveux, un parfum de sable, disait-il.

Après Tikrit, il n'a plus jamais raconté. Je n'ai pas posé de question. Peut-être aurais-je dû. Tikrit avait dressé une paroi entre nous. Je ne voulais pas savoir. J'avais peur. Je refusais de prendre le risque de découvrir qu'il était, lui aussi, un assassin. Qu'il avait pillé, violé, incendié. Tué non plus dans le cadre d'une bataille, mais froidement. Comme Amir va me tuer tout à l'heure. Puis Mohammed est mort et je suis seule avec ces incertitudes et la mort en moi. Au fond, quelle importance.

1. L'imam **Hussein** ou Al-Hussein ibn Ali (626-680), auquel on rend hommage dans son mausolée de Kerbala, est le troisième des douze imams chiites, petit-fils du prophète Mahomet, fils d'Ali et de Fatima.

2. Entre 2013 et 2014, ces trois villes sont, comme Tikrit, le théâtre de violents affrontements entre les combattants de l'organisation État islamique et les forces de l'armée irakienne.

Nous tuons, nous sommes tués. Nous sommes un pays de victimes et d’assassins.

[27]

Mes eaux ont charrié[1] *des bateaux, des taureaux ailés*[2]*, des rois. Depuis plusieurs lunes, elles transportent des hommes. Blêmes*[3]*, percés, gonflés de mon eau*[4]*. Des voiles rouges les accompagnent et souillent mon flot.*

1. **Charrié** : emporté, transporté.
2. Au XIXe siècle, des archéologues français trouvent dans les vestiges de Khorsabad, à l'est du fleuve Tigre, des œuvres monumentales – les *Lamassus* – représentants des créatures à tête humaine et corps de taureau (ou de lion), dotées d'ailes d'aigle. Ces sculptures ont été érigées aux portes de la ville et dans les grands passages du palais sous le règne du roi assyrien Sargon II, entre 721 et 705 av. J.-C.
3. **Blêmes** : extrêmement pâles.
4. Cette description suggère que le fleuve emporte des cadavres.

[28]

Ali

Je suis l'autre frère. Le moderne, le modéré. Celui qui ne tuera pas. Celui qui voudrait tout arrêter mais qui n'arrêtera pas l'assassin.

Je suis le lâche, celui qui désapprouve en silence. Je suis la majorité inerte [1], je suis l'homme banal et désolé de l'être. Je suis le frère de ma sœur qui aime et qui comprend. Je suis le frère de mon frère qui respecte l'autorité de l'aîné. Je suis celui qui condamne les règles mais ne les défie [2] pas. Je suis le complice par faiblesse.

C'est moi qu'on vient voir en cas de coup dur, c'est à moi qu'on demande de l'argent. C'est moi qui ai emmené, un jour d'Aïd [3], mes sœurs à la grande roue de la ville. Leurs rires s'envolaient vers le ciel. Je les regardais d'en bas, j'en avais le vertige. Je n'avais pas osé monter avec elles.

....

1. **Inerte** : qui demeure immobile, sans réaction.

2. **Ne les défie pas** : ne les remet pas en question, ne s'y oppose pas ouvertement.

3. **L'Aïd el-Kébir**, fête célébrée chaque année par les musulmans du monde entier, commémore le sacrifice qu'Allah demanda à Ibrahim (Abraham dans l'Ancien Testament) pour éprouver sa foi.

Je suis le frère ouvert, tolérant, presque libéral [1]. Un homme bien. Voilà ma légende personnelle, celle que j'ai bâtie, celle que je protège. Un jour, j'ai emmené ma sœur à Bagdad, sans abaya. Ne rien dire à Amir, ce sera notre secret. Nous avons marché dans les rues de Mansoor, elle ne portait qu'un mince voile, elle avait mis du rouge aux lèvres, elle semblait une fille de la capitale et les hommes la regardaient. Et moi j'étais fier d'être son frère et de marcher à son côté, et j'ai pensé qu'il n'y avait pas de honte, pas de manquement à l'honneur dans les lèvres fardées de ma sœur et les regards des garçons. Puis nous avons repris la route du sud et elle a remis son grand-voile noir, mais cette parenthèse est restée entre nous comme une escapade [2] un peu folle, comme un pied de nez [3] aux règles et il y avait en nous cette même joie un peu bravache [4] de notre enfance quand nous nous empiffrions sans fin de pain brûlant sous les récriminations [5] de notre mère, excédée [6] près du four en terre. Après, parfois, nous en reparlions. Ce jour d'avril à Bagdad est resté comme une esquisse [7] de ce qui aurait pu être si nos femmes étaient libres.

Je suis un homme bien mais je suis un homme lâche, et ces règles que je condamne, que je déplore [8], sont mon excuse. Je pourrais m'opposer à mon frère mais *notre monde est ainsi*

1. **Libéral** : qui est favorable aux libertés individuelles, à la liberté de penser, à la liberté politique ; ici, synonyme de permissif.
2. **Escapade** : expédition qui permet d'échapper aux obligations, aux habitudes de la vie quotidienne.
3. Un **pied de nez** est une moquerie, une provocation (sens figuré).
4. **Bravache** : vantarde.
5. **Récriminations** : reproches, protestations.
6. **Excédée** : fatiguée et irritée.
7. **Esquisse** : ébauche, première tentative.
8. **Déplore** : désapprouve, trouve regrettables.

fait, et il n'y a rien à ajouter, et je n'ai plus à me dresser contre lui. La société est ma meilleure dérobade[1], le refuge de ma légende personnelle.

Je suis un homme bien mais je n'empêcherai pas mon frère de tuer ma sœur. Je suis en demi-teinte, enchaîné par des règles que je condamne, navré[2] d'être un salaud.

1. **Dérobade** : action de fuir une obligation ou ses responsabilités.
2. **Navré** : désolé, regrettant.

[29]

En ce même instant Gilgamesh se lève
et raconte ses rêves à sa mère Ninsoun :
« Ma mère cette nuit j'ai fait un rêve.
Je marchais fier parmi les héros,
le ciel brillait d'étoiles,
et une étoile, comme un héros du ciel d'Anou[1]
est tombée vers moi.
J'ai voulu la porter, elle était trop lourde.
J'ai voulu la pousser, je n'ai pu la bouger.
Autour d'elle, les gens du pays s'assemblaient
et lui baisaient les pieds.
Je l'ai aimée et me suis penché sur elle
comme on se penche sur une femme
je l'ai soulevée et déposée à tes pieds
et toi tu l'as rendue égale à moi. »

1. **Anou** (Anu ou An) est le dieu du ciel dans la mythologie mésopotamienne.

[30]

Ali sait. Je ne sais pas qui lui a dit, ça ne peut-être que Baneen, ou s'il a deviné. Il est entré tout à l'heure dans la chambre verte, m'a jeté un regard comme un coup, les poings serrés, le visage brutal, dur, fermé. Et pourtant il avait l'air triste. Il a arpenté la chambre, frappé du poing le mur. Nous savons tous les deux que lui ne me tuera pas. Il n'a pas en lui cette violence, cette mort que porte Amir. Que ma propre mère acceptera, au nom de l'honneur. Au nom de Layla, de Baneen et de son enfant à venir. Les femmes de la famille doivent rester propres. Pures. Intouchées. Au prix du sang. Notre corps ni notre honneur ne nous appartiennent. Ils sont la propriété familiale. La propriété de nos pères et de nos frères.

Au bout d'un moment, Ali a cessé d'arpenter[1] la chambre. Il s'est laissé tomber contre le mur, face à moi. J'ai pensé à toutes les fois où Mohammed s'était trouvé à cette place. Comme le bonheur est illusoire[2] et bref. Il nous échappe, comme le sable s'écoule du poing fermé, et nous restons seul, les mains vides, le cœur en décombres, le ventre en mort.

J'ai relevé les yeux vers mon frère. Il pleurait. Sur l'honneur de ma famille, sur ma mort, sur tout ce gâchis qui est le nôtre.

1. **D'arpenter** : de parcourir à grands pas.
2. **Illusoire** : qui ne correspond pas à la réalité, qui est sans existence.

Nous aurions pu être heureux. Nous aurions pu vivre en paix. Nous aurions pu vivre.

Ali pleurait. Il s'est avancé jusqu'à moi, à quatre pattes, comme un enfant. Mon grand frère m'a serrée dans ses bras en pleurant. Il me berçait. Tout à l'heure, devant Amir, il ne pourra pas. Je ne pleurais pas. Je n'ai plus de larmes depuis la mort de Mohammed. Je me sentais très loin, comme flottant. Comme si tout cela arrivait à quelqu'un d'autre que moi. Comme si j'étais déjà morte.

[31]

Layla

Je suis la femme à venir. Celle pour qui on tue. Celle dont il faut préserver l'honneur à tout prix. Je suis l'enfant, la dernière fille, celle qui n'a pas connu son père et vit sous l'autorité de son frère. Celle qui est née dans une guerre et n'a jamais connu la paix.

Je n'ai pas vraiment conscience du drame qui se joue, je serai mise devant le fait accompli. Personne ne peut s'opposer à Amir. Personne ne peut contrer[1] l'autorité masculine.

Je suis celle qu'on consolera, qu'on cajolera. Et puis on me dira de ne plus évoquer un nom, de cesser de mentionner cette sœur qui n'aura jamais existé.

Dans cette famille, une femme déshonorée est une souillure[2] que seul le sang peut laver. On jettera des pelletées de sable sur son corps et sur son souvenir, on l'oubliera au vent du désert et aux pluies de décembre, jusqu'à ce que tous, nous puissions prétendre qu'elle n'a jamais été.

....

1. **Contrer** : aller contre, s'opposer à.
2. **Souillure** : tache, impureté.

[32]

Que te pleurent les Anciens d'Uruk[1] *aux remparts*
que te pleurent les gens d'Uruk
qui derrière nous
nous désignaient du doigt et nous bénissaient
et que l'écho des pleurs
retentisse dans les campagnes
Que sur toi se lamentent l'ours et l'hyène
le tigre et le léopard, le chacal et le lion
le cerf, les gazelles
et tous les animaux de la plaine.
Que sur toi se lamente le fleuve Oulaï[2]
dont nous avons parcouru les rives.
Que te pleure le pur Euphrate
où nous puisions notre eau.
Que sur toi se lamentent
ceux qui t'ont fait goûter le pain pour la première fois.
Que te pleurent les frères et les sœurs.

1. Dans la tradition mésopotamienne, **Uruk** doit son prestige aux rois semi-légendaires qui sont supposés y avoir régné, et dont le plus connu est Gilgamesh.
2. Le **fleuve Oulaï** traversait autrefois le territoire de l'actuel Iran.

[33]

C'est le soir. Dehors, le fleuve est devenu ruban argenté sous la lune. Je suis en train de mourir. Je suis morte depuis cette étreinte sanglante et trop rapide. Je suis morte comme toutes les femmes irakiennes, condamnée de naissance. Ce voile est déjà prison, cette nuit est tombeau. Mon frère, un assassin.

Maman est toujours à Najaf. Elle rentrera demain. La reverrai-je ? Est-ce qu'Amir attendra son retour pour exécuter la sentence ? Servirai-je d'exemple pour les jeunes filles de la ville, ou l'affaire sera-t-elle réglée en silence, derrière nos murs ?

Là-bas, dans la cuisine, Baneen prépare le repas. Il y a quelque chose d'étrange à penser que tout à l'heure, je serai morte, et eux dîneront.

Je suis dans la chambre verte. Layla est venue, elle a pleuré, elle ne comprend pas. Elle commence à comprendre. Plus tard, elle ne devra plus prononcer mon nom. Je serai effacée, oubliée, je n'aurai jamais existé. Je pense à Mohammed, dont le corps a disparu sous Mossoul. J'ai encore mal, mon amour, à penser à ce corps écrasé sous les pierres, brûlé, anéanti.

J'attends le bruit de la voiture qui s'arrêtera dans l'impasse. La portière et les pas, mon frère, mon bourreau.

La terre tremble toujours dans mon ventre.

[34]

C'est le soir. Tout est nuit. Là-bas, dans l'impasse, dans la maison près de la berge, elle attend la mort dans la chambre verte.

Et soudain une angoisse terrible lui vient, parce qu'elle n'est plus si sûre de pas avoir eu envie de vivre, et de connaître cet enfant, et les coups dans son ventre soudain ne lui semblent plus si terribles et il y avait là-dedans peut-être plus de vie que de mort.

Dans la petite impasse, la portière claquait, et le pas un peu lourd, un peu boiteux, un peu désaxé allait vers la maison. Dehors, le fleuve était ruban argenté sous la lune.

TOUT POUR RÉUSSIR

QUESTIONS SUR L'ŒUVRE
+
GROUPEMENTS DE TEXTES
+
ARTS ET MÉDIAS
+
VERS LE BAC

LECTURE GUIDÉE

Explications linéaires

➤ Extrait n° 1 : un récit tragique

Relisez les chapitres [1] et [2] (p. 63 à 66), puis répondez aux questions suivantes pour élaborer votre explication linéaire.

Mise en voix

Entraînez-vous à la lecture expressive. Choisissez le premier paragraphe du chapitre [1] ou l'intégralité du chapitre [2]. Réfléchissez au ton adéquat pour faire entendre la voix de la narratrice (chapitre 1) ou du narrateur (chapitre 2) et pour traduire leurs sentiments et émotions. Lisez le texte à voix haute plusieurs fois et enregistrez-vous avec le mémo vocal de votre téléphone.

Des pistes pour l'introduction

a. Cherchez la définition d'un *incipit* et réfléchissez à son rôle dans un récit.

b. Relisez la dédicace et la citation en exergue (p. 59 et 61) : quels thèmes ces éléments du paratexte suggèrent-ils avant même le début de la narration ?

Problématique : comment les deux premiers chapitres du roman plongent-ils le lecteur dans une tragédie à la fois intime et universelle ?

I. Un cataclysme mystérieux

(de « C'est venu comme une vague » à « Et l'univers s'est écrasé sur moi », l. 1-12)

1. Repérez les images que la narratrice utilise pour décrire ce qui lui arrive. En quoi rapprochent-elles cet événement d'un cataclysme ?

2. Relevez les différentes occurrences du verbe *comprendre* : quelle évolution remarquez-vous ?

3. Sait-on avec certitude ce qui arrive à la narratrice ? Quels indices sont présents dans ce paragraphe ?

4. De « Le deuxième coup est arrivé » à « tremblement de terre » (l. 8-10), repérez le jeu des sonorités et la figure de style qui domine. Analysez leur effet.

5. Montrez que le paragraphe repose sur une antithèse entre mouvements d'élévation et de chute.

6. Quelles sont les connotations opposées portées par le complément « au milieu des voiles noirs » énoncé deux fois ?

II. Une annonce tragique

(de « La mort est en moi » à « et la mort entrera », l. 13-18)

7. La mort est omniprésente dans ce paragraphe : montrez-le. Quelle figure de style est utilisée pour la décrire ?

8. « La mort est en moi. Elle est venue avec la vie » (l. 13) : sur quelle figure de style ces deux phrases reposent-elles ? Que comprend-on du destin de la narratrice ?

9. Relevez les verbes qui marquent le futur : quel est l'effet créé ? Quel autre indice temporel ce paragraphe donne-t-il ?

(de « Nous naissons dans le sang » à « de voir l'eau devenir rouge », l. 19-25)

10. Quels indices montrent que l'on passe d'un récit personnel à une réflexion plus générale ?

11. Quel terme répété domine dans ce paragraphe ? Quel effet est créé ?

12. Quelle image du destin des femmes se dessine dans ce paragraphe ?

III. Un singulier témoin du drame

(de « *Je suis le Tigre* » à « *de la main de Marduk* », l. 1-7)

13. Quel personnage prend ici la parole ? En quoi est-ce original ? Cherchez la définition de la figure de style appelée prosopopée.

14. Le Tigre se définit de façon contradictoire : relevez les oxymores qui le traduisent.

(de « *Je connais la folie des hommes* » à « *La mort viendra à temps* », l. 8-15)

15. Le fleuve se dit lucide sur les hommes et leur histoire : relevez les verbes qui le prouvent.

16. Quelle image le Tigre offre-t-il ici de l'humanité ?

17. Dans les dernières lignes de l'extrait, comment s'établit le lien entre le chapitre [1] et le chapitre [2] – c'est-à-dire entre l'histoire de la narratrice et celle du Tigre ?

Conclusion

Rédigez en quelques phrases un bilan de l'explication linéaire en mettant en valeur les différentes informations données par cet* incipit *sur le récit à venir.

Lexique

La mort est omniprésente dans cet *incipit*, et notamment à travers le motif du sang. Trouvez un adjectif, un verbe, un nom appartenant à la même famille, et une expression figurée qui contient le terme « sang ». Vous n'oublierez pas de noter leur sens.

Accords

a. Justifiez l'orthographe de l'adjectif qualificatif « noirs » de la ligne 7 (chap. 1).

b. Justifiez l'accord du verbe « portent » à la ligne 14 (chap. 1).

➤ Extrait n° 2 : l'autoportrait d'un frère assassin

Relisez le chapitre [11] (p. 84-86), puis répondez aux questions suivantes pour élaborer votre explication linéaire.

Des pistes pour l'introduction

a. Rappelez l'originalité du récit concernant son organisation et son énonciation : quels personnages ont déjà pris la parole ?

b. Dans les chapitres précédents, quelles sont les informations données sur Amir ?

Problématique : en quoi le portrait qu'Amir livre de lui-même est-il ambivalent ?

I. Amir et la mort
(de « Je suis le frère » à « Le pays », l. 1-9)

1. En quoi peut-on dire que cet extrait est un autoportrait ?

2. Quelle phrase du deuxième paragraphe constitue un paradoxe ?

3. Quelle valeur Amir incarne-t-il d'abord, en tant que frère ?

4. Comment se définit-il aussi ? Quel verbe répété le souligne ?

5. Quelle raison donne-t-il pour justifier son acte à venir ? Analysez en ce sens la phrase suivante : « Ce n'est pas moi qui tuerai, mais la rue, le quartier, la ville. Le pays. »

II. Le récit de la guerre

(de « Tout à l'heure je tuerai » à « la pestilence », l. 10-18)

6. Amir évoque son expérience de la guerre. Relevez ce qui la caractérise.

7. Bien qu'il revienne de la guerre, Amir affirme : « Tout à l'heure je tuerai pour la première fois » (l. 10). Expliquez son raisonnement.

(de « Les rats et les chiens » à « pouvoir rester en paix », l. 18-34)

8. Amir suggère que la guerre ôte toute humanité aux hommes. Prouvez-le en analysant comment il évoque les animaux puis les hommes.

9. Quelles valeurs humaines la guerre détruit-elle ?

10. Quel effet crée l'image des « hommes effrayés couchés dans la fange et la merde » (l. 32) ?

III. Amir, une victime ?

(de « Je suis revenu de la guerre » à « Tremblera-t-il ? », l. 35-47)

11. Comment se manifeste, dans la vie d'Amir, son traumatisme de la guerre ?

12. Quels procédés stylistiques le soulignent ?

13. Selon vous, que veut dire le personnage quand il affirme « Je vais mourir un peu en tuant » (l. 45-46) ?

14. Que traduisent les deux dernières phrases du passage sur l'état d'esprit d'Amir ?

Prolongement

Que vous inspire le personnage d'Amir ? Vous paraît-il odieux ou vous fait-il pitié ? Dans un paragraphe argumenté, vous justifierez votre point de vue à l'aide de trois arguments.

Lexique et grammaire

« La guerre n'est pas noble ni grandiose ni courageuse » (l. 30-31).

Cherchez les antonymes des trois adjectifs qui qualifient la guerre.

La phrase

Transformez en phrases verbales les phrases nominales qui vont de « Les rats et les chiens » à « que tout le monde tait » (l. 18-21).

➤ Extrait n° 3 : la mère, femme soumise

Relisez le chapitre [22] (p. 104-105), puis répondez aux questions suivantes pour élaborer votre explication linéaire.

Des pistes pour l'introduction

a. Quelles sont les différentes femmes présentes dans le récit ?

b. Que sait-on déjà grâce au récit du statut de la femme dans ce milieu conservateur de l'Irak ?

Problématique : quelle description de la condition féminine se dessine à travers le personnage de la mère ?

I. L'autoportrait d'une femme fatiguée

(de « Je suis la mère » à « je n'ai pas cinquante ans », l. 1-5)

1. Quelle caractéristique principale ressort de la description physique de la mère ?

2. Relevez les termes péjoratifs présents dans ce paragraphe. Qu'est-ce que cela traduit du regard que la mère porte sur elle-même ?

3. À l'instar de la narratrice, la mère n'a pas de prénom : comment interpréter ce choix de l'autrice ?

II. Le récit d'une absence de vie
(de « Ma vie s'est déroulée » à « pas fait pour les rêves », l. 6-33)

4. Dans le deuxième paragraphe de l'extrait, faites la liste des éléments qui se rapportent aux motifs de l'enfermement et de la soumission. Quelle image reprend par deux fois cette même idée dans la suite du texte ?

5. Dans l'ensemble du passage, repérez les éléments qui montrent que la condition des femmes est le fruit d'une longue tradition.

6. De quoi la mère a-t-elle manqué pendant toute sa vie ?

7. Dans l'ensemble du passage, relevez les négations. Que traduisent-elles de la vie du personnage ?

8. « Notre monde n'est pas fait pour les rêves » (l. 32-33) : à quoi renvoie le déterminant possessif « notre » ?

III. Une parole de soumission
(de « Je suis la mère et je suis absente » à « depuis trop longtemps accepté les règles », l. 34-40)

9. Comment comprenez-vous l'affirmation de la mère : « je suis absente » (l. 34) ?

10. À quelle force abstraite semble-t-elle se soumettre ?

11. Peut-on dire que la mère hésite sur la conduite à tenir face à ce qui se prépare ?

Prolongement

Entraînez-vous à la contraction en résumant le début de l'extrait (de « Je suis la mère » à « en le reconduisant. », l. 1-20) qui compte 224 mots. Vous garderez les spécificités de l'énonciation et vous le réduirez au quart avec une marge de + ou – 10 % (entre 50 et 62 mots).

Syntaxe

« [J]e ne m'en souviens plus » (l. 32).

Indiquez la construction du verbe *se souvenir* et celle du verbe *se rappeler.*

La phrase

Dans le troisième paragraphe, identifiez les propositions coordonnées, les propositions juxtaposées et les propositions subordonnées.

➤ Écriture d'appropriation

À la manière des chapitres [11] (« Amir ») et [22] (« La mère »), vous rédigerez l'autoportrait du père. Vous reprendrez les éléments d'information que donnent la narratrice et les autres personnages sur cette figure paternelle et vous ferez commencer votre rédaction par « Je suis le père ».

GROUPEMENT DE TEXTES N° 1

Le mariage : amour, arrangement ou soumission ?

Textes romanesques

Le roman d'Emilienne Malfatto met en scène différents couples. Celui que forment la narratrice et Mohammed, s'il est uni par l'amour, est mis sous le signe de la souillure, du déshonneur et de la mort. Les couples mariés – comme celui des parents de la narratrice et celui de Baneen et Amir – sont marqués par le devoir et la soumission... Le mariage apparaît comme une institution qui laisse peu de place aux sentiments et qui est régi par des règles auxquelles hommes et femmes ne peuvent déroger. Il révèle le fonctionnement et les valeurs de la société, ainsi que la place qu'elle réserve aux femmes.

La littérature réaliste, du XIXe siècle à nos jours, s'est penchée à de nombreuses reprises sur cette institution du mariage, fenêtre idéale pour observer les mœurs de la société. Dans *Pot-Bouille*, Émile Zola montre que le mariage peut être avant tout motivé par la cupidité et le désir d'ascension sociale, et qu'il transforme alors la jeune fille à marier en un objet à valoriser pour conquérir un mari... Dans *Une vie* de Maupassant, le mariage de Jeanne, son héroïne, fait succéder à la promesse du bonheur le vide d'une existence où rien n'arrive. Plus récemment, lorsque Maryse Condé, dans *Moi, Tituba sorcière...*, raconte la vie d'une esclave dans l'Amérique du XVIIe siècle, elle suggère que le mariage et la servitude sont fondés sur la même violence. C'est aussi ce que montre le destin des jeunes héroïnes des *Impatientes* de Djaïli Amadou Amal, qui reçoivent, avant leur mariage, un ordre de soumission totale...

➤ Texte n° 1 : Émile Zola, *Pot-Bouille* (1882)

Dans *Pot-Bouille*, roman du cycle des *Rougon-Macquart* paru en 1882, Émile Zola (1840-1902) décrit les mœurs des habitants d'un immeuble parisien. L'écrivain montre l'envers du décor de la bourgeoisie : derrière un luxe de façade, les comportements sont méprisables. Ainsi, les Josserand, sans fortune, ne sont occupés qu'à marier Berthe et Hortense, leurs filles : ils multiplient les réceptions pour trouver coûte que coûte un prétendant qui veuille bien les accepter. Mais Berthe met à mal les projets parentaux et vient d'éconduire un jeune homme qui représentait pour Mme Josserand un gendre satisfaisant…

Comment marier sa fille ?

– Tu entends, reprit Mme Josserand en revenant sur sa fille. Marche droit et tâche de nous donner des satisfactions… Comment as-tu encore raté ce mariage ? […]

– Je ne sais pas, maman, murmura [Berthe].

Un sous-chef de bureau, continuait la mère ; pas trente ans, un avenir superbe ; c'est solide, il n'y a que cela… Tu as encore fait quelque bêtise, comme avec les autres ?

– Je t'assure que non, maman… Il se sera renseigné, il aura su que je n'avais pas le sou.

Mais Mme Josserand se récriait[1].

– Et la dot[2] que ton oncle doit te donner ! Tout le monde la connaît, cette dot… non il y a autre chose, il a rompu trop brusquement… En dansant, vous avez passé dans le petit salon.

Berthe se troubla.

1. **Se récriait** : s'indignait avec force.
2. **La dot** : le bien qu'une femme apporte en se mariant.

– Oui, maman… Et même, comme nous étions seuls, il a voulu de vilaines choses, il m'a embrassée, en m'empoignant comme ça. Alors, j'ai eu peur, je l'ai poussé contre un meuble…

Sa mère l'interrompit, reprise de fureur.

– Poussé contre un meuble, ah ! la malheureuse, poussé contre un meuble !

– Mais, maman, il me tenait…

– Après, il vous tenait, la belle affaire ! Mettez donc ces cruches [1]-là en pension ! Qu'est-ce qu'on vous apprend, dites !

Un flot de sang avait envahi les épaules et les joues de la jeune fille. Des larmes lui montaient aux yeux, dans une confusion de vierge violentée.

– Ce n'est pas ma faute, il avait l'air si méchant… Moi, j'ignore ce qu'il faut faire. […]

[Mme Josserand] prit un air doctoral [2], elle continua :

– C'est fini, je désespère, vous êtes stupide, ma fille… Il faudrait tout vous seriner [3], et cela devient gênant. Puisque vous n'avez pas de fortune, comprenez donc que vous devez prendre les hommes par autre chose. On est aimable, on a des yeux tendres, on oublie sa main, on permet les enfantillages [4], sans en avoir l'air ; enfin, on pêche un mari… Si vous croyez que ça vous arrange les yeux, de pleurer comme une bête !

Berthe sanglotait.

– Vous m'agacez, ne pleurez donc plus… Monsieur Josserand, ordonnez donc à votre fille de ne pas s'abîmer le visage à pleurer ainsi. Ce sera le comble, si elle devient laide ! […]

....

1. **Cruches** : personnes qui manquent de finesse et qui agissent sottement (terme familier et péjoratif).

2. **Doctoral** : savant et prétentieux.

3. **Seriner** : répéter inlassablement.

4. **Enfantillages** : actes sans importance, dignes d'un enfant : c'est par cet euphémisme que Mme Josserand désigne les gestes déplacés du prétendant à l'égard de Berthe.

Deux heures sonnaient à la pendule du salon ; et, dans l'excitation de cette veillée prolongée, dans son désir devenu furieux d'un mariage immédiat, la mère s'oubliait à penser tout haut, tournant et retournant sa fille comme une poupée de carton. Celle-ci, molle, sans volonté, s'abandonnait : mais elle avait le cœur très gros, une peur et une honte la serraient à la gorge.

Émile Zola, *Pot-Bouille* [1882], Gallimard,
coll. « Folio classique », chap. 2, p. 59-60.

1. Que représente le mariage pour Mme Josserand ? Que pensez-vous des conseils qu'elle donne à Berthe pour s'attacher un homme ?

2. Comment qualifier son attitude à l'égard de sa fille ?

3. En quoi peut-on dire que Berthe est ici considérée comme un objet ?

➤ Texte n° 2 : Guy de Maupassant, *Une vie* (1883)

Dans *Une vie*, paru en 1883, Guy de Maupassant (1850-1893) décrit la vie « d'une femme, depuis l'heure où s'éveille son cœur jusqu'à sa mort[1] ». L'héroïne de ce roman réaliste se prénomme Jeanne. À sa sortie du couvent, elle épouse le vicomte Julien de Lamare et s'installe avec lui dans la propriété familiale des Peuples, située sur le littoral normand. Mais cette union précipitée et le retour aux réalités du quotidien, après un voyage de noces en Italie, marquent le début d'une longue série de désillusions...

1. « *Une vie* par M. de Maupassant », *Gil Blas*, 21 février 1883.

Elle se demanda ce qu'elle allait faire maintenant, cherchant une occupation pour son esprit, une besogne [1] pour ses mains. Elle n'avait point envie de redescendre au salon auprès de sa mère qui sommeillait ; et elle songeait à une promenade, mais la campagne semblait si triste qu'elle sentait en son cœur, rien qu'à la regarder par la fenêtre, une pesanteur [2] de mélancolie.

Alors elle s'aperçut qu'elle n'avait plus rien à faire, plus jamais rien à faire. Toute sa jeunesse au couvent avait été préoccupée de l'avenir, affairée de songeries. La continuelle agitation de ses espérances emplissait, en ce temps-là, ses heures sans qu'elle les sentît passer. Puis, à peine sortie des murs austères où ses illusions étaient écloses, son attente d'amour se trouvait tout de suite accomplie. L'homme espéré, rencontré, aimé, épousé en quelques semaines, comme on épouse en ces brusques déterminations, l'emportait dans ses bras sans la laisser réfléchir à rien.

Mais voilà que la douce réalité des premiers jours allait devenir la réalité quotidienne qui fermait la porte aux espoirs indéfinis, aux charmantes inquiétudes de l'inconnu. Oui, c'était fini d'attendre.

Alors plus rien à faire, aujourd'hui, ni demain ni jamais. Elle sentait tout cela vaguement à une certaine désillusion, à un affaissement de ses rêves.

Elle se leva et vint coller son front aux vitres froides. Puis, après avoir regardé quelque temps le ciel où roulaient des nuages sombres, elle se décida à sortir.

Étaient-ce la même campagne, la même herbe, les mêmes arbres qu'au mois de mai ? Qu'étaient donc devenues la gaieté ensoleillée des feuilles, et la poésie verte du gazon où flambaient

1. **Une besogne** : un travail.
2. **Pesanteur** : impression de lourdeur, d'étouffement et d'oppression.

les pissenlits, où saignaient les coquelicots, où rayonnaient les marguerites, où frétillaient, comme au bout de fils invisibles, les fantasques [1] papillons jaunes ? Et cette griserie [2] de l'air chargé de vie, d'arômes, d'atomes fécondants n'existait plus.

Les avenues, détrempées par les continuelles averses d'automne, s'allongeaient, couvertes d'un épais tapis de feuilles mortes, sous la maigreur grelottante des peupliers presque nus. Les branches grêles [3] tremblaient au vent, agitaient encore quelque feuillage prêt à s'égrener [4] dans l'espace. Et sans cesse, tout le long du jour, comme une pluie incessante et triste à faire pleurer, ces dernières feuilles, toutes jaunes maintenant, pareilles à de larges sous d'or, se détachaient, tournoyaient, voltigeaient et tombaient.

Maupassant, *Une vie* [1883], Flammarion,
coll. « Étonnants Classiques », chap. 6, p. 135-136.

1. Dans cet extrait, quel constat Jeanne dresse-t-elle sur sa vie à venir ?

2. Quels sentiments éprouve-t-elle ?

3. À l'aide des trois derniers paragraphes, montrez que la nature est à l'unisson de ses sentiments.

➤ Texte n° 3 : Maryse Condé, *Moi, Tituba sorcière...* (1986)

En 1986, Maryse Condé, autrice née en 1937 en Guadeloupe, décide, par le biais du roman, de réhabiliter Tituba, jeune esclave noire accusée de sorcellerie et condamnée en 1692 lors d'un célèbre procès à

1. **Fantasques** : imprévisibles.
2. **Griserie** : excitation, ivresse.
3. **Grêles :** fragiles.
4. **S'égrener** : se détacher, se décomposer.

Salem, dans l'État américain du Massachusetts. Elle fait de son héroïne la porte-parole du désespoir des esclaves et l'incarnation de la révolte et du courage face au racisme et à la violence des maîtres. Au début du récit, Tituba évoque l'histoire de sa mère...

FEMME MARIÉE ET FEMME ESCLAVE

Abena, ma mère, un marin anglais la viola sur le pont du *Christ the King*, un jour de 16** alors que le navire faisait voile vers la Barbade [1]. C'est de cette agression que je suis née.

Quand, de longues semaines plus tard, on arriva au port de Bridgetown, on ne s'aperçut point de l'état de ma mère. Comme elle n'avait sûrement pas plus de seize ans, comme elle était belle avec son teint d'un noir de jais [2] et, sur ses hautes pommettes, le dessin subtil des cicatrices tribales, un riche planteur du nom de Darnell Davis l'acheta très cher. Avec elle, il fit l'acquisition de deux hommes, deux Ashantis [3] ceux-là aussi ; victimes des guerres entre Fantis et Ashantis. Il destinait ma mère à sa femme qui ne parvenait pas à se consoler de l'Angleterre et dont l'état physique et mental nécessitait des soins constants. Il pensait que ma mère saurait chanter pour la distraire, danser éventuellement et pratiquer ces tours dont il croyait les nègres friands [4]. Il destinait les deux hommes à sa plantation de canne à sucre qui venait bien [5] et à ses champs de tabac.

....

1. **La Barbade** : petite île des Caraïbes, colonie anglaise au XVIIe siècle, dont Bridgetown est la ville principale, et qui était une étape pour les navires négriers entre l'Afrique et l'Amérique.
2. **Jais** : pierre fossile d'un noir luisant.
3. Les **Ashantis** et les **Fantis** – mentionnés plus loin – sont des populations d'Afrique de l'Ouest vivant au Ghana.
4. **Friands** : ici, spécialistes.
5. **Qui venait bien** : dont la production était féconde.

Jennifer, l'épouse de Darnell Davis, n'était guère plus âgée que ma mère. On l'avait mariée à cet homme rude qu'elle haïssait, qui la laissait seule le soir pour aller boire et qui avait déjà une meute d'enfants bâtards. Jennifer et ma mère se lièrent d'amitié. Après tout, ce n'était que deux enfants effrayées par le rugissement des grands animaux nocturnes et le théâtre d'ombres des flamboyants [1], des calebassiers et des mapous de la plantation. [...]

Quand Darnell Davis s'aperçut que ma mère était enceinte, il entra en fureur en pensant aux bonnes livres sterling qu'il avait dépensées pour l'acquérir. Voilà qu'il allait avoir une femme mal portante et qui ne lui serait d'aucune utilité ! Il refusa de céder aux prières de Jennifer et pour punir ma mère, il la donna à un des Ashantis qu'il avait achetés en même temps qu'elle, Yao. »

Maryse Condé, *Moi, Tituba sorcière... Noire de Salem*,
© Mercure de France, 1986 ;
Gallimard, coll. « Folio », 1988, p. 13-14.

1. Relevez dans le texte ce qui traduit l'horreur de la condition d'esclave.

2. Comparez la vie d'Abena et celle de Jennifer : en quoi peut-on dire que la condition de femme mariée ressemble à celle de l'esclave ?

3. Quelle image de l'homme se dessine à travers l'évocation du marin anglais et de Darnell Davis ?

1. Les **flamboyants**, les **calebassiers** et les **mapous** sont des arbres qui poussent dans des pays au climat tropical, comme la Barbade.

➤ Texte n° 4 : Djaïli Amadou Amal, *Les Impatientes* (2020)

En 2020, Djaïli Amadou Amal, écrivaine camerounaise de langue française née en 1975, reçoit le prix Goncourt des lycéens pour son roman intitulé *Les Impatientes*. S'inspirant de sa propre vie, l'autrice décrit l'effroyable condition féminine – faite de mariages forcés, de polygamie, de viols et de violences physiques – dans certaines parties de l'Afrique. Derrière les murs des maisons « aisées » se cache un esclavagisme des temps modernes auquel il est difficile pour une femme d'échapper, comme en témoignent les conseils donnés par leur père et leurs oncles à Ramla – une des narratrices du roman – et à sa sœur Hindou, juste avant leur mariage…

Le mariage : obligations et interdictions

« Patience, mes filles ! *Munyal !* Telle est la seule valeur du mariage et de la vie. Telle est la vraie valeur de notre religion, de nos coutumes, du *pulaaku*[1]. Intégrez-la dans votre vie future. Inscrivez-la dans votre cœur, répétez-la dans votre esprit ! *Munyal*, vous ne devrez jamais l'oublier ! » fait mon père d'une voix grave.

La tête baissée, l'émotion me submerge. Mes tantes nous ont amenées, Hindou et moi, dans l'appartement de notre père. À l'extérieur, l'effervescence de ce double mariage bat son plein. Les belles familles attendent, impatientes. Les enfants, excités par cet air de fête, crient et dansent autour des véhicules. Nos amies et nos sœurs cadettes, inconscientes de l'angoisse dans laquelle nous sommes, se tiennent à nos côtés. Elles nous envient, rêvant du jour où elles seront aussi les reines de la fête. […]

1. **Pulaaku** : code d'honneur des Peuls, peuple établi dans toute l'Afrique de l'Ouest.

Mon père […] est assis sur son canapé favori. Il sirote tranquillement un verre de thé parfumé au clou de girofle. Hayatou et Oumarou, mes oncles, sont également présents, entourés de quelques amis proches. Ces hommes sont censés nous transmettre leurs derniers conseils, nous énumérer nos futurs devoirs d'épouse puis nous dire adieu – non sans nous avoir accordé leurs bénédictions ! […]

« *Munyal*, mes filles ! » dit mon oncle Hayatou. Puis il marque une pause, se racle la gorge avant d'énumérer d'un ton grave :

« Respectez vos cinq prières quotidiennes.

« Lisez le Coran afin que votre descendance soit bénie.

« Craignez votre Dieu.

« Soyez soumises à votre époux.

« Épargnez votre esprit de la diversion [1].

« Soyez pour lui une esclave et il vous sera captif.

« Soyez pour lui la terre et il sera votre ciel.

« Soyez pour lui un champ et il sera votre pluie.

« Soyez pour lui un lit et il sera votre case [2].

« Ne boudez pas.

« Ne méprisez pas un cadeau, ne le rendez pas.

« Ne soyez pas colériques.

« Ne soyez pas bavardes.

« Ne soyez pas dispersées.

« Ne suppliez pas, ne réclamez rien.

« Soyez pudiques.

« Soyez reconnaissantes.

« Soyez patientes.

« Soyez discrètes.

1. **Diversion** : élément qui détourne quelqu'un ou quelque chose de son occupation première et généralement principale.

2. **Case** : habitation rudimentaire, en particulier en Afrique noire.

« Valorisez-le afin qu'il vous honore.

« Respectez sa famille et soumettez-vous à elle afin qu'elle vous soutienne.

« Aidez votre époux.

« Préservez sa fortune.

« Préservez sa dignité.

« Préservez son appétit.

« Qu'il ne s'affame jamais à cause de votre paresse, de votre mauvaise humeur ou encore à cause de votre mauvaise cuisine.

« Épargnez sa vue, son ouïe, son odorat.

« Que jamais ses yeux ne soient confrontés à ce qui est sale dans votre nourriture ou dans votre maison.

« Que jamais ses oreilles n'entendent d'obscénités [1] ou d'insultes provenant de votre bouche.

« Que jamais son nez ne sente ce qui pue dans votre corps ou dans la maison, qu'il ne hume que parfum et encens. » […]

Après un silence, mon père reprend sur le même ton grave et autoritaire :

« À partir de maintenant, vous appartenez chacune à votre époux et lui devez une soumission totale, instaurée par Allah. Sans sa permission, vous n'avez pas le droit de sortir ni même celui d'accourir à mon chevet ! Ainsi, et à cette seule condition, vous serez des épouses accomplies. » […] Il marque une pause comme pour nous laisser le temps de méditer puis se tourne vers son cadet et conclut :

« Hayatou, fais le *do'a* [2], prononce la prière. Qu'Allah leur accorde le bonheur, gratifie leur nouveau foyer d'une progéniture [3]

1. **Obscénités** : paroles vulgaires, impudiques et choquantes.
2. **Do'a** (ou doua) : invocation, demande faite à Allah dans la religion islamique.
3. **Progéniture** : descendance.

nombreuse et leur donne la baraka [1]. Enfin, qu'Allah accorde à tout père le bonheur de marier sa fille !

« *Amine* [2] ! répond mon père. Puis il s'adresse à mes tantes : Allez-y maintenant. Les voitures attendent. »

Djaïli Amadou Amal, *Les Impatientes*,
 chap. 1, p. 15-20.

1. Caractérisez le ton avec lequel les hommes de la famille s'adressent aux jeunes futures mariées. Quels modes sont utilisés pour formuler les injonctions ?

2. Quels sont, d'après les hommes, les principaux devoirs d'une épouse ?

3. Dans les paroles du père de la narratrice, relevez une phrase qui résume la condition réservée à l'épouse dans le mariage, selon la tradition de cette famille.

➤ Sur l'ensemble du groupement

Donnez votre avis !

1. Les quatre textes du groupement décrivent le mariage. Quel est, selon vous, celui qui en donne l'image la plus triste ? la plus choquante ? la plus surprenante ? la plus aliénante [3] ?

2. Les héroïnes des extraits du groupement – Berthe, Jeanne, Abena et Ramla – ont chacune un point commun avec les personnages féminins d'Emilienne Malfatto. Lesquels ?

....

1. **Baraka** : influence bénéfique de source divine que les Arabes attribuent aux saints ; synonyme de chance.
2. **Amine** : formule arabe pour rendre grâce à Allah.
3. **Aliénante** : qui prive l'homme ou la femme de son humanité, de sa liberté.

Écriture d'appropriation

À la manière d'Emilienne Malfatto, donnez la parole à Berthe, à Jeanne, à Abena ou à Ramla... Rédigez le portrait qu'elle pourrait faire d'elle-même comme le font la mère, Layla et Baneen dans *Que sur toi se lamente le Tigre*. Votre portrait composé d'une trentaine de lignes commencera par « Je suis celle... ».

GROUPEMENT DE TEXTES N° 2

Argumenter pour les femmes

Littérature d'idées

La fiction – notamment le genre du roman qu'Emilienne Malfatto utilise dans *Que sur toi se lamente le Tigre* – est un moyen efficace pour faire réfléchir : la présence d'une intrigue, de péripéties et de personnages permet de capter l'attention et d'illustrer un message de façon persuasive. Mais il existe une autre manière d'argumenter, plus directe, qui consiste à formuler de façon explicite son point de vue sans avoir recours à une longue narration. Cette stratégie est celle choisie par les autrices et auteur du corpus qui suit. Les textes qui le constituent, datés du XVIIIe et du XXIe siècle, revendiquent tous des droits pour les femmes et justifient la nécessité de légiférer pour améliorer la condition féminine. Ils hésitent parfois entre une accusation virulente à l'égard des représentants du sexe masculin, et un appel visant à les inclure dans le combat pour le bien de toutes et de tous. Ils montrent aussi que le chemin de l'égalité entre hommes et femmes est encore long à parcourir…

➤ Texte n° 5 : Condorcet, *Sur l'admission des femmes au droit de cité* (1790)

Nicolas de Condorcet (1743-1794) est un philosophe des Lumières, ardent défenseur du progrès et de l'égalité, comme en témoigne sa lutte contre l'esclavage[1]. Un an avant la *Déclaration des droits de la femme et de la citoyenne* d'Olympe de Gouges (voir p. 152), il s'engage

1. En 1781, dans *Réflexions sur l'esclavage des nègres*, Condorcet dénonce la pratique de l'esclavage, jugée comme un véritable crime, et plaide pour une suppression progressive de l'esclavagisme.

dans le combat pour l'émancipation[1] des femmes : dans *Sur l'admission des femmes au droit de cité*[2], publié dans *Le Journal de la société de 1789*, il se prononce pour le droit de vote des femmes...

UN HOMME DÉFENSEUR DES DROITS DES FEMMES

L'habitude peut familiariser les hommes avec la violation de leurs droits naturels, au point que, parmi ceux qui les ont perdus, personne ne songe à les réclamer, ne croie avoir éprouvé une injustice.

Il est même quelques-unes de ces violations qui ont échappé aux philosophes et aux législateurs lorsqu'ils s'occupaient avec le plus de zèle[3] d'établir les droits communs des individus de l'espèce humaine, et d'en faire le fondement unique des institutions politiques[4].

Par exemple, tous n'ont-ils pas violé le principe de l'égalité des droits en privant tranquillement la moitié du genre humain de celui de concourir à la formation des lois, en excluant les femmes du droit de cité ? Est-il une plus forte preuve du pouvoir de l'habitude, même sur les hommes éclairés[5], que de voir invoquer le principe de l'égalité des droits en faveur de trois ou quatre cents hommes qu'un préjugé absurde en avait privés, et l'oublier à l'égard de douze millions de femmes ? [...]

....

1. **Émancipation** : action de se libérer, de se dégager d'une dépendance morale, des préjugés de son époque...

2. ***Droit de cité*** : aptitude juridique à jouir des droits politiques conformément aux lois du pays.

3. **Zèle** : ardeur, dévouement.

4. Condorcet fait ici allusion à la rédaction de la *Déclaration des droits de l'homme et du citoyen* de 1789 qui, dans son article premier, affirme l'égalité en droits de tous les hommes.

5. **Hommes éclairés** : intellectuels guidés par la raison au XVIIIe siècle, siècle des Lumières.

Il serait difficile de prouver que les femmes sont incapables d'exercer les droits de cité. Pourquoi des êtres exposés à des grossesses et à des indispositions passagères ne pourraient-ils exercer des droits dont on n'a jamais imaginé de priver les gens qui ont la goutte tous les hivers et qui s'enrhument aisément ?

En admettant dans les hommes une supériorité d'esprit qui ne soit pas la suite nécessaire de la différence d'éducation (ce qui n'est rien moins que prouvé, et ce qui devrait l'être, pour pouvoir, sans injustice, priver les femmes d'un droit naturel), cette supériorité ne peut consister qu'en deux points. On dit qu'aucune femme n'a fait de découverte importante dans les sciences, n'a donné de preuves de génie dans les arts, dans les lettres, etc. ; mais sans doute on ne prétendra point n'accorder le droit de cité qu'aux seuls hommes de génie. On ajoute qu'aucune femme n'a la même étendue de connaissances, la même force de raison que certains hommes ; mais qu'en résulte-t-il, qu'excepté une classe peu nombreuse d'hommes très éclairés, l'égalité est entière entre les femmes et le reste des hommes ; que cette petite classe mise à part, l'infériorité et la supériorité se partagent également entre les deux sexes. Or, puisqu'il serait complètement absurde de borner à cette classe supérieure le droit de cité, et la capacité d'être chargé de fonctions publiques, pourquoi en exclurait-on les femmes plutôt que ceux des hommes qui sont inférieurs à un grand nombre de femmes ? […]

Nicolas de Condorcet, *Sur l'admission des femmes au droit de cité* [1790], Éditions Firmin Didot frères, 1790, p. 121-123.

Questions

1. Dans les trois premiers paragraphes de l'extrait, que reproche l'auteur à ceux qui ont rédigé la *Déclaration des droits de l'homme et du citoyen* ?

2. Repérez la phrase où Condorcet exprime son désaccord avec la place réservée aux femmes par les législateurs.

3. Quel est l'argument des adversaires de Condorcet ? Résumez le raisonnement par lequel l'auteur montre qu'il est sans fondement.

➤ Texte n° [illegible] : Olympe de Gouges, *Déclaration des droits de la femme et de la citoyenne* (1791)

Grande figure féminine de la Révolution française, Olympe de Gouges (1748-1793) met sa plume au service d'une réflexion politique et d'un combat contre toutes les formes d'inégalité. En 1791, deux ans après la *Déclaration des droits de l'homme et du citoyen*, déçue par les promesses d'égalité non tenues des révolutionnaires, elle rédige une *Déclaration des droits de la femme et de la citoyenne*, pour réclamer une plus juste considération des femmes. Plaidoyer pour les femmes, son texte est aussi une attaque virulente contre les hommes…

UNE FÉMINISTE CONTRE LA TYRANNIE DES HOMMES

Homme, es-tu capable d'être juste ? C'est une femme qui t'en fait la question ; tu ne lui ôteras pas du moins ce droit[1]. Dis-moi ? Qui t'a donné le souverain empire[2] d'opprimer mon sexe ? Ta force ? Tes talents ? Observe le créateur[3] dans sa sagesse ; parcours la nature dans toute sa grandeur, dont tu sembles vouloir te rapprocher, et donne-moi, si tu l'oses, l'exemple de cet empire tyrannique.

Remonte aux animaux, consulte les éléments, étudie les végétaux, jette enfin un coup d'œil sur toutes les modifications de la

…………………………

1. Ce droit : celui de poser la question.

2. Le souverain empire : le pouvoir absolu.

3. Le créateur : Dieu.

matière organisée ; et rends-toi à l'évidence quand je t'en offre les moyens ; cherche, fouille et distingue, si tu peux, les sexes dans l'administration de la nature. Partout tu les trouveras confondus, partout ils coopèrent avec un ensemble harmonieux à ce chef-d'œuvre immortel.

L'homme seul s'est fagoté[1] un principe de cette exception. Bizarre, aveugle, boursouflé de sciences et dégénéré, dans ce siècle de lumières et de sagacité[2], dans l'ignorance la plus crasse[3], il veut commander en despote sur un sexe qui a reçu toutes les facultés intellectuelles ; il prétend jouir de la Révolution, et réclamer ses droits à l'égalité, pour ne rien dire de plus.

Olympe de Gouges, *Déclaration des droits de la femme et de la citoyenne* [1791], Flammarion, coll. « Étonnants Classiques », 2021, p. 47-48.

Questions

1. Quel reproche Olympe de Gouges fait-elle aux hommes ? Que réclame-t-elle dans cet extrait ?

2. En quoi l'évocation de la nature constitue-t-elle un argument en faveur de la thèse de l'autrice ?

3. Que pensez-vous du ton adopté par Olympe de Gouges dans cet extrait ?

➤ Texte n° 7 : Human Rights Watch, *Irak : Le projet de loi sur les violences domestiques devrait d'urgence être adopté* (2020)

Human Rights Watch (HRW, ou « Veille des droits de l'homme » en français) est une organisation non gouvernementale (ONG) internationale fondée en 1988, qui se donne pour mission de défendre

1. **Fagoté** : fabriqué à la hâte, de façon maladroite.
2. **Sagacité** : vivacité d'esprit.
3. **Crasse** : grossière et inexcusable.

les droits de l'homme et le respect de la *Déclaration universelle des droits de l'homme*. Elle a reçu en 1997 le prix Nobel de la paix en tant que membre de la Campagne internationale pour l'interdiction des mines antipersonnelles. L'organisation, dont le siège se trouve à New York, mène des enquêtes sur les violations des droits de l'homme dans plus de 60 pays et territoires, et publie chaque année un rapport rendant compte de ses observations. En avril 2020, le bureau HRW de Beyrouth se penche sur la situation des femmes en Irak...

Une ONG contre les violences faites aux femmes

(Beyrouth, le 22 avril 2020) – La mort le 18 avril d'une jeune femme de 20 ans à Najaf, en Irak, peut-être aux mains de son mari, devrait inciter le Parlement à adopter le projet de loi contre les violences domestiques, a déclaré aujourd'hui Human Rights Watch. Les autorités irakiennes devraient enquêter sur tous les cas de ce type, mener des poursuites judiciaires et s'assurer que des peines appropriées soient prévues pour les violences faites aux femmes.

« Le fléau des violences domestiques perdure depuis trop longtemps en Irak », a déclaré Belkis Wille, chercheuse senior auprès de la division Crises et les conflits à Human Rights Watch. « Malgré la succession d'incidents dans lesquels des femmes ou des filles ont perdu la vie aux mains d'un membre de leur famille, les législateurs irakiens n'ont toujours pas pris les mesures nécessaires qui auraient pu sauver leurs vies. »

Le 12 avril, une vidéo diffusée sur les réseaux sociaux a montré une jeune femme grièvement brûlée, dans sa chambre d'hôpital. Sa mère a déclaré à Human Rights Watch qu'il y a huit mois, sa fille avait épousé un policier qui par la suite lui a interdit de rendre visite à ses parents, hormis une exception. Le 8 avril, ce policier a appelé la mère pour lui dire que sa fille avait de « légères brûlures » suite à un « accident », et se trouvait à l'hôpital.

Le 11 avril, la mère a finalement été autorisée à rendre visite à sa fille dans sa chambre d'hôpital. Sa fille lui a dit que trois jours auparavant, son mari l'avait battue si violemment qu'elle s'était aspergée d'essence et avait dit à son mari que s'il n'arrêtait pas de la frapper, elle s'immolerait.

« Je ne sais toujours pas si c'est lui qui a alors allumé le feu ou si elle l'a fait elle-même, mais elle m'a dit qu'elle avait brûlé pendant trois minutes alors qu'il la regardait simplement », a dit la mère. « Son beau-père, lui-même policier, est finalement entré dans la pièce et a éteint le feu. Elle les a suppliés de l'emmener à l'hôpital, mais ils ont attendu plus d'une heure avant de le faire. Son beau-père a ensuite prétendu à la police qu'il était son père, et a soutenu que l'incendie avait été un accident. »

La jeune femme est décédée le 18 avril. Le gouverneur de Najaf, Loai al-Yasiri, a déclaré à Human Rights Watch que les autorités avaient créé un comité d'enquête et arrêté le mari, son père et son oncle. Al-Yasiri a ajouté que cette affaire serait probablement réglée par une médiation au cours de laquelle le clan (« ashira ») de la famille du mari négocierait avec le clan de la famille de Samira, pour parvenir à un règlement non judiciaire de cette affaire.

Le problème des violences domestiques est largement répandu en Irak. Une enquête sur la santé des familles en Irak (IFHS) menée en 2006/07 a révélé qu'une femme irakienne sur cinq était victime de violences domestiques. En 2012, une étude du ministère de la Planification a indiqué qu'au moins 36 % des femmes mariées avaient déclaré avoir subi une forme de violence psychologique de la part de leur mari. Les femmes mariées interrogées ont également affirmé avoir subi des violences verbales (23 %), sexuelles (9 %) et physiques (6 %).

Thikra Sarsim, directrice adjointe de Babel Tower, une organisation non gouvernementale à Bagdad, a déclaré à Human Rights Watch le jour de la mort de la jeune femme : « Elle ne sera pas la dernière, tant que la loi ne protégera pas les femmes. Mon organisation a documenté de nombreux crimes d'honneur au fil des ans, mais les certificats de décès les qualifient de suicides. »

La Constitution irakienne interdit « toutes les formes de violence et d'abus au sein de la famille », mais seule la région du Kurdistan d'Irak dispose d'une loi sur la violence domestique. Le code pénal irakien incrimine les agressions physiques, mais ne mentionne pas explicitement la violence domestique. L'article 41 (1) du code pénal confère même à un mari le droit de « punir » sa femme, « dans les limites prescrites par la loi ou la coutume ». Le code pénal prévoit des peines atténuées pour les actes de violence, y compris le meurtre, commis pour des « motifs honorables », parmi d'autres circonstances.

Les initiatives visant l'adoption par le Parlement irakien d'un projet de loi contre les violences domestiques ont échoué en 2019, et jusqu'à présent en 2020.

Les mesures de lutte contre les violences domestiques sont particulièrement urgentes dans le contexte de la pandémie de Covid-19. Ainsi, ONU Femmes a averti que les mesures de confinement sont susceptibles de provoquer « une augmentation des [cas] de violence domestique pendant la crise ». De tels incidents ont été signalés en Afrique du Sud, au Brésil, en Chine, en France, au Kenya, au Kirghizistan et au Royaume-Uni.

Communiqué de Human Rights Watch,
Irak : Le projet de loi sur les violences domestiques devrait d'urgence être adopté,
mis en ligne le 22 avril 2020 sur
https://www.hrw.org/fr.

Questions

1. Que réclame le HRW aux autorités irakiennes ? Que pouvez-vous en déduire sur le pouvoir de cette organisation non gouvernementale internationale ?

2. Selon vous, à quoi sert l'exemple développé à partir du deuxième paragraphe ?

3. Montrez que l'article dresse un tableau pessimiste de la condition féminine aujourd'hui, en Irak et ailleurs.

➤ Sur l'ensemble du groupement

Testez vos connaissances sur l'argumentation

1. Tous ces textes sont des argumentations directes. Mais à quel genre précis appartiennent-ils ? Après avoir cherché la définition des termes suivants, dites à quel genre appartient chaque texte du corpus : article ; diatribe ; essai.

Entraînez-vous à la lecture expressive

Choisissez un des discours proposés dans ce corpus et faites-en une lecture expressive. Réfléchissez bien au ton à adopter – solennel et posé ? virulent et agressif ? enthousiaste et persuasif ? ... – et aux gestes qui pourraient accompagner ce discours. Entraînez-vous chez vous et proposez-en une lecture en classe.

Donnez votre avis !

2. Quel texte trouvez-vous le plus efficace et le plus fort ? Pourquoi ?

3. Selon vous, quelle argumentation est le plus en lien avec le récit d'Emilienne Malfatto, qui dénonce le patriarcat et la violence commise à l'encontre des femmes ? Justifiez votre point de vue.

4. Les textes du corpus montrent que le discours féministe n'est pas l'apanage[1] des femmes, puisque la voix masculine de Condorcet participe au combat. Pensez-vous que les hommes puissent être de

1. **L'apanage** : le privilège.

bons féministes ? De même, pensez-vous qu'il soit légitime que des célébrités s'engagent aujourd'hui dans de telles luttes ?

Écriture d'appropriation

Rédigez la lettre que la directrice adjointe de Dubel Tower, organisation non gouvernementale mentionnée dans l'article de Human Rights Watch (texte 8 du corpus), pourrait écrire au gouverneur de la province de Bagdad au sujet de l'héroïne d'Emilienne Malfatto : après avoir évoqué le drame qui menace la jeune fille, Thikra Sarsim en appelle à la justice et invoque la nécessité de légiférer pour protéger les femmes.

Aidez-vous de l'ensemble des textes du corpus pour trouver des arguments convaincants et donner un tour persuasif à votre missive.

GROUPEMENT DE TEXTES N° 3

Renouvellement des formes du récit

Un témoignage à la croisée des genres

La littérature a sans cesse cherché à se renouveler, mêlant les genres littéraires, comme l'illustrent les choix narratifs originaux d'Emilienne Malfatto dans son œuvre, et parfois même les formes artistiques.

Feurat Alani, né en 1980 à Paris de parents irakiens réfugiés en France, a en commun avec l'autrice de *Que sur toi se lamente le Tigre* d'être journaliste, de vouloir faire découvrir l'Irak aux lecteurs occidentaux et d'avoir reçu en 2019 le prestigieux prix Albert-Londres [1], pour *Le Parfum d'Irak*. Dans cette œuvre, il nous livre ses souvenirs d'enfance depuis sa découverte de l'Irak à l'âge de 9 ans jusqu'à sa décision de devenir journaliste pour couvrir les conflits qui ravagent le pays de sa famille. La singularité de cette œuvre autobiographique tient à son genre et à son écriture : proche du roman graphique par la présence de dessins de Cohen, le texte de Feurat Alani est constitué de 1 000 tweets – micro-messages de 140 signes maximum [2] habituellement postés sur le réseau social Twitter. Cette forme d'écriture, normalement réservée aux informations brèves, aux mobilisations collectives ou aux réactions individuelles, est utilisée ici dans le champ de la création littéraire. Cette déclinaison de la « twittérature », mot-valise créé pour désigner les tweets littéraires postés sur Twitter, s'apparente à des pratiques poétiques comme le haïku [3], ou

1. Voir note 5, p. 12.
2. Pour obtenir le nombre de signes, il faut compter le nombre de lettres et d'espaces entre les mots ainsi que les signes de ponctuation.
3. **Haïku** : petit poème d'origine japonaise de dix-sept syllabes, en trois vers (respectivement de 5, 7 et 5 syllabes).

à la littérature à contraintes comme celles de l'OuLiPo[1]. Elle donne à l'œuvre de Feurat Alani singularité et expressivité.

Les deux extraits suivants marquent le double but de l'écrivain : comme Emilienne Malfatto à travers l'histoire de sa jeune narratrice, il cherche à témoigner de l'histoire tragique de l'Irak et à saisir l'intime en évoquant une anecdote familiale.

➤ Texte n° 8 : les années 2004-2005

L'événement tragique évoqué par Feurat Alani dans cet extrait survient en 2005, année sombre dans l'histoire de l'Irak : les habitants de Bagdad sont victimes de la violente rivalité entre sunnites et chiites et, depuis 2003, de l'occupation humiliante des troupes américaines. Mais au sein de l'horreur surgit l'acte héroïque d'un homme qui incarne l'espoir et la fraternité.

HORREUR ET HÉROÏSME

581. Les morts en Irak se comptent par dizaines, chaque jour. Attentats, meurtres, enlèvements, bavures de mercenaires[2] ou de soldats américains.

582. Mais en ce 31 août 2005, une rumeur va mener à la mort près de 1 000 pèlerins irakiens, en moins d'une heure. Sur le Pont Al-Aima.

583. Le pont Al-Aima relie deux grands quartiers historiques de la capitale : Khadhemiya et Adhamiya. Le premier chiite. Le second sunnite.

....

1. **L'Ouvroir de littérature potentielle** (ou **OuLiPo**), regroupe dès le milieu du XXe siècle, des écrivains à la recherche de nouveauté et de modernité en littérature : jouant avec les contraintes mathématiques, linguistiques ou littéraires, ils proposent des textes amusants et innovants.
2. **Mercenaires** : soldats de nationalité(s) différente(s) de l'autorité qui les emploie et qui font payer leurs services.

584. Les pèlerins chiites souhaitaient rejoindre le mausolée de l'iman Moussa Al-Khadem, septième iman chiite. Ni bombe, ni tir. Une rumeur.

585. « Un ou deux kamikazes sont dans la foule. » La fausse rumeur crée un vent de panique. Piétinés, noyés, des centaines de pèlerins perdent la vie.

586. La barrière du pont cède sous la poussée de la foule en proie à la peur. Bilan : 965 morts. La journée la plus sanglante depuis 2003.

587. L'image fera le tour du monde : une mer de chaussures abandonnées sur le pont Al-Aima. Le fleuve Tigre est un tombeau à ciel ouvert.

588. Au cours de cette tragédie, un événement inattendu va apaiser les tensions déjà grandissantes (et instrumentalisées [1]) entre sunnites et chiites.

589. Othman, sunnite et champion de natation, sauve des dizaines de pèlerins avant de se noyer, épuisé. Un symbole de l'unité. Et de la rue.

590. Quelques années plus tard, je retrouverai le père d'Othman au cours de la réalisation d'un documentaire. Un carnet de route du nord au sud.

Feurat Alani, *Le Parfum d'Irak*,

➤ Extrait n° 9 : les années 2005-2006

Dans son œuvre, Feurat Alani décrit l'Irak et, comme le suggère le titre *Le Parfum d'Irak*, il cherche à nous le faire ressentir : il nous fait entendre le bruit de la guerre, mais il nous fait aussi goûter à la douceur d'un fruit traditionnel de son pays…

1. **Instrumentalisées** : utilisées à des fins détournées.

651. Il y a des moments de frayeur et les moments de joie. Il y a surtout la saison des dattes. L'Irak fut à une certaine époque le premier exportateur mondial.

652. Les Sumériens[1] cultivaient le dattier il y a 7 000 ans. C'était l'une des raisons de l'irrigation en Mésopotamie, l'Irak d'aujourd'hui.

653. J'ai découvert les dattes durant l'embargo, elles remplaçaient le chocolat, alors ma sœur et moi avions commencé par les détester.

654. Mais mon père m'apprit que, comme les quelque 350 sortes de fromages français, il y avait autant de variétés de dattes irakiennes.

655. Ma préférée est la *hillawi*. Datte mi jaune mi marron. Mi croquante mi mielleuse. Elle tombe généralement en fin d'été. En septembre.

656. Les meilleures viennent de Bassorah, autrefois appelée la Venise du Moyen-Orient[2]. La palmeraie du sud de l'Irak est désormais une déchetterie à ciel ouvert.

657. Le dattier est l'arbre le plus proche de l'Homme. Il y a des mâles et des femelles. Leur fécondation artificielle fait des palmeraies.

658. Mon père m'avait parlé d'une variété très rare qui ne pousse qu'une fois tous les trois ou quatre ans. La datte est d'un bleu très foncé.

1. **Sumériens** : habitants de Sumer, région située à l'extrême sud de la Mésopotamie antique, couvrant une vaste plaine parcourue par le Tigre et l'Euphrate (voir cartes, p. 20-21).

2. **Bassorah** est le principal port de l'Irak, situé sur le Chatt-el-Arab, estuaire commun des fleuves Tigre et Euphrate : la présence d'un réseau de canaux explique l'analogie avec la ville italienne de Venise.

659. Je ne l'ai pas encore trouvée, cette datte bleue. Avec la guerre, la production de dattes en Irak a faibli. Des palmeraies ont disparu.

660. En Irak, la datte se mange traditionnellement avec le yaourt fermenté. L'étrange mélange est le délice des pauvres, richement délicieux.

Feurat Alani, *Le Parfum d'Irak*,
© éditions Nova/Arte éditions, 2018

Questions

1. Comptez le nombre de signes des deux premiers tweets 581 et 582. Ces derniers correspondent-ils à la contrainte du genre ?

2. Essayez de définir les caractéristiques de l'écriture du tweet : pour ce faire, repérez et classez les procédés stylistiques utilisés.

Écritures d'appropriation : à vos tweets !

En vous inspirant du tweet 589, rédigez trois tweets évoquant Amir, le frère de la narratrice de *Que sur toi se lamente le Tigre*, et le crime qu'il est sur le point de commettre. Vous y insérerez une antithèse et une énumération.

HISTOIRE DES ARTS

Honneur, crime et serment

Observez le tableau de Fragonard (en page I du cahier iconographique) et, grâce à sa légende, prenez connaissance de l'histoire de Lucrèce.

L'horreur du crime de Tarquin est mise en valeur par le corps nu, livide, désarticulé et sans pudeur de Lucrèce qui occupe horizontalement la partie inférieure du tableau. Trois hommes – Junius Brutus dont la cape rouge montre qu'il est le bras de la vengeance, ainsi que le mari et le père de Lucrèce – se dressent, guidant le regard du spectateur vers le haut du tableau où pointe le poignard avec lequel Lucrèce vient de se donner la mort. Leur force physique et la détermination de leur geste qui se détache dans la clarté du fond blanc traduisent la solennité du serment qu'ils profèrent au-dessus du corps sans vie de Lucrèce. Mais le geste n'annonce pas seulement la vengeance familiale pour laver l'outrage, il a une dimension politique : la présence en haut à droite du tableau de la louve – symbole de la cité romaine – montre que ce moment est décisif pour Rome : punir le crime de Tarquin, c'est chasser un roi tyrannique et c'est faire naître la République...

LE SERMENT DE BRUTUS

Voici le serment de Brutus rapporté par l'historien latin Tite-Live dans son *Histoire romaine* (Ier siècle apr. J.-C.) :

« Je jure, dit-il, et vous prends à témoin, ô dieux ! par ce sang, si pur avant l'outrage qu'il a reçu de l'odieux fils des rois ; je jure de poursuivre par le fer et par le feu, par tous les moyens qui seront en mon pouvoir, l'orgueilleux Tarquin, sa femme criminelle et toute sa race, et de ne plus souffrir de rois à Rome, ni eux, ni aucun autre. »

(Livre I, traduction de M. Nisard
https://gallica.bnf.fr/ark :/12148/bpt6k220704j.texteImage)

Rédigez le serment que pourrait prononcer Amir, le frère assassin du roman d'Emilienne Malfatto, face à l'outrage que représente pour lui et sa famille la grossesse de sa sœur. Vous pourrez tenter de préciser les valeurs qui le poussent – volontairement ou malgré lui – au crime.

FILMS

La condition des filles au cinéma

La réflexion sur la place des femmes dans la société investit tous les genres artistiques : le cinéma, comme la littérature, s'empare depuis quelques années de cette thématique.

Des femmes de cinéma, telles la Saoudienne Haifaa Al-Mansour ou la Franco-Turque Deniz Gamze Ergüven, ont mis le 7e art au service d'une dénonciation des traditions qui pèsent sur les femmes dans leurs pays respectifs et d'une lutte contre un patriarcat qui les prive de leur liberté.

➤ *Wadjda* d'Haifaa Al-Mansour (2012)

En Arabie saoudite, pays où le cinéma n'existe pas – la lecture locale et intégriste du Coran interdisant la reproduction de la figure humaine –, le travail de la scénariste et réalisatrice Haifaa Al-Mansour, née en 1974, apparaît comme un défi courageux. Après avoir réalisé courts métrages, séries et documentaires, elle signe en 2012 le film *Wadjda*, qui suit le parcours d'une jeune fille de 12 ans vivant avec sa mère dans la banlieue conservatrice de Riyad, capitale de l'Arabie saoudite. Haifaa Al-Mansour, qui a surmonté de nombreux obstacles lors du tournage du film [1], y traite de la condition féminine. À travers l'histoire apparemment légère d'une jeune fille voulant s'acheter un

1. Elle s'est vu refuser à la dernière minute de tourner dans une école d'État, a dû négocier avec la population qui se plaignait du bruit lors du tournage de certaines scènes et, dans un pays où la séparation des sexes est imposée, la cinéaste a été obligée de se dissimuler dans un van lors du tournage des scènes en extérieur, dirigeant ses acteurs à l'aide d'un talkie-walkie...

vélo, elle dénonce les tabous de la société saoudienne, qui soumet les femmes à de nombreux interdits…

1re étape : projection de la bande-annonce du film

Visionnez la bande-annonce du film de Haifaa Al-Mansour disponible en ligne, puis répondez aux questions suivantes :

1. Selon vous, qui est le personnage principal du film ? Comment cela se traduit-il dans la bande-annonce ?

2. En quoi peut-on dire que Wadjda est présentée comme une jeune fille différente des autres ?

3. Quels indices cette bande-annonce nous donne-t-elle sur l'histoire que raconte le film ?

4. Quels thèmes, proches de ceux évoqués dans *Que sur toi se lamente le Tigre*, la bande-annonce met-elle en valeur ?

Bilan

Quel est, selon vous, le rôle d'une bande-annonce ? Celle de *Wadjda* vous semble-t-elle remplir efficacement ce rôle ?

2e étape : analyse comparée de deux affiches du film

Regardez attentivement les deux affiches du film reproduites aux versos de la couverture, puis répondez aux questions suivantes :

Sur la première affiche

1. Comment l'affiche met-elle en valeur l'héroïne ?

2. Quel élément de sa tenue est mis en relief en bas de l'affiche ? Selon vous, de quoi est-il le symbole ?

3. Relevez ce qui montre d'emblée le désir de liberté de Wadjda et ce qui semble symboliquement l'entraver.

Sur la deuxième affiche

4. Quelles informations les trois photogrammes placés en haut de l'affiche nous donnent-ils sur l'histoire de *Wadjda* ?

5. La partie inférieure de l'affiche, constituée d'un dessin, semble plus enfantine et plus symbolique que le reste. Quel élément central de l'intrigue est représenté ici ? Comment la singularité de l'héroïne y est-elle suggérée ?

Bilan

Quelle affiche préférez-vous ? Quelle est celle qui vous donne le plus envie de voir le film ?

Pour aller plus loin

Vous pouvez visionner l'analyse de deux séquences du film de Haifaa Al-Mansour sur le site : transmettrelecinema.com/film/wadjda/#video.

Regardez d'abord celle qui décrypte le début du film (séquence intitulée « scène d'introduction », durée 4'04) puis celle qui analyse comment Wadjda se met en quête d'un vélo (séquence intitulée « Cours vite, il va filer », durée 3'19).

➤ *Mustang* de Deniz Gamze Ergüven (2015)

Mustang, film réalisé par la Franco-Turque Deniz Gamze Ergüven (née en 1978), est une ode à la jeunesse et à l'émancipation de la femme. Sorti en 2015, il met en scène le sort tragique de cinq jeunes sœurs turques. En rentrant de l'école et pour fêter la fin de l'année, elles jouent innocemment avec des garçons, mais la débauche supposée de leurs jeux suscite un scandale aux conséquences inattendues. La maison familiale se transforme progressivement en prison, les cours de pratiques ménagères remplacent l'école et des mariages sont arrangés. Les cinq sœurs, animées par un même désir de liberté, tentent alors d'échapper à tout prix au destin auquel la tradition et la domination masculine les condamnent...

Regardez attentivement l'affiche du film (p. 170), puis répondez aux questions suivantes.

1. Décrivez l'affiche. En quoi peut-on dire que sa composition est originale ?

2. Comment le titre du film est-il mis en valeur ? Recherchez son sens premier et les connotations auxquels on peut l'associer. Selon vous, qui cette métaphore désigne-t-elle ?

Pour aller plus loin

3. Visionnez la bande-annonce du film *Mustang* sur Youtube.

Quel film, entre *Wadjda* et *Mustang*, avez-vous le plus envie de découvrir ? Justifiez cette préférence *a priori* à partir de votre analyse des bandes-annonces et des affiches.

4. Deniz Gamze Ergüven [1] affirme dans le dossier de presse de son film : « J'aimerais que le film soit partagé, qu'il fasse réfléchir, qu'il ouvre des petites portes en Turquie ou ailleurs. L'important pour moi est de créer un sentiment d'empathie envers ces filles. Qu'on leur donne enfin la parole et qu'on écoute leur voix. » En quoi ces propos de la réalisatrice turque peuvent-ils s'appliquer au projet d'Emilienne Malfatto dans *Que sur toi se lamente le Tigre* ?

1. https://www.unige.ch/fapse/bsep/files/7414/4793/3128/dossier_de_presse_mustang.pdf

Affiche du film *Mustang*.

MÉDIAS

Le dessin de presse au service de la cause des femmes

La tradition du dessin de presse remonte au développement de la presse imprimée au XIXe siècle : avant la mise au point de la photographie, les événements sont illustrés par des dessins. Très vite, ces derniers, vecteurs d'information accessibles à tous, moyens de communication universelle, se font critiques. Personnification, symbole, caricature, allégorie... : les dessinateurs et les dessinatrices de presse utilisent tous ces procédés pour faire réfléchir sur les actualités du monde.

Les dessins qui suivent ont été réunis par l'association *Cartooning for Peace*[1], réseau international de dessinateurs de presse engagés qui militent, le plus souvent avec humour, pour le respect des cultures et des libertés. Ils abordent tous trois, de façon critique, le thème de la place des femmes et des rapports femmes/hommes. S'ils témoignent de la réalité du pays de l'artiste (Haïti, l'Iran ou la France), l'absence de texte dans le dessin et l'utilisation de symboles leur donnent aussi une dimension universelle...

Regardez attentivement les trois dessins (voir p. 172 et 173), puis répondez aux questions suivantes.

1. https://www.cartooningforpeace.org/cartoonotheque/droits-des-femmes/

Dessin de presse par Jiho.

Dessin de presse par Bousiko.

Dessin de presse par Mana Neyestani.

Questions

1. Faites une rapide recherche sur l'origine et la signification des symboles utilisés dans le dessin de Bousiko : comment ces deux symboles sont-ils utilisés ? À quoi la condition des femmes est-elle associée ? Quelle vision de l'homme est-elle donnée ?

2. Comment la condition des femmes est-elle représentée dans le dessin de Mana Neyestani ? Que pensez-vous de la réponse apportée par l'homme à la revendication de la femme ?

3. Montrez que le dessin de Jiho utilise l'ironie pour dénoncer l'attitude des Occidentaux à l'égard des cultures du Moyen-Orient.

Bilan

Quel est, selon vous, le dessin le plus réussi ? le plus efficace ? Justifiez votre choix.

Pour aller plus loin

4. Le droit des femmes est une cause qui mobilise dessinateurs et dessinatrices de presse ; la paix en est une autre. Cherchez sur le site de l'association *Cartooning for Peace* l'exposition « Guerres et paix », dans l'onglet « Cartoonothèque », et choisissez un dessin de presse. Analysez-le en mettant en valeur les procédés utilisés et le message délivré. Présentez votre travail à votre classe à l'oral.

5. Après avoir observé l'affiche pour la Journée internationale de la femme dans le dossier iconographique (p. IV), rendez-vous sur le site de la ville de Fleury-Mérogis (https://atelier-corbin.com/wp/legalite/). Sélectionnez une affiche et expliquez la raison de votre choix en proposant une interprétation de l'image et du message qu'elle transmet. Présentez votre travail à votre classe à l'oral.

POUR APPROFONDIR

Poursuivre la lecture...

➤ Sur Emilienne Malfatto

– **Site d'Emilienne Malfatto regroupant ses principaux reportages photographiques** : emalfatto.com

– ***Les serpents viendront pour toi***, 2021. [Essai – prix Albert-Londres 2021.]

Enquête sur l'assassinat de Maritza, leader sociale en Colombie, dans une région où se mêlent groupes armés, narcotrafic et enjeux touristiques.

➤ Le crime d'honneur et la vengeance

– **Corneille, *Le Cid*** [1637], Flammarion, coll. « Étonnants Classiques », 2017. [Pièce de théâtre.]

Tragédie qui met en scène des héros déchirés entre l'amour, le devoir et l'honneur familial.

– **Prosper Mérimée, « Colomba »**, [1840], Flammarion, coll. « Librio », 2020. [Nouvelle.]

La guerre entre deux familles, menée par Colomba, selon le code d'honneur archaïque des familles corses.

Guy de Maupassant , « Une Vendetta », 1883. [Nouvelle.]

La vengeance d'une vieille veuve corse qui a perdu son fils.

➤ Sur la condition des femmes

– ***Persepolis*** **de Marjane Satrapi**, 2000-2003. [Bande-dessinée.]

Bande dessinée [1] qui retrace les étapes marquantes de l'autrice, de son enfance à Téhéran pendant la révolution islamique à son entrée difficile dans la vie adulte en Europe.

– ***Du domaine des Murmures*** **de Carole Martinez**, Gallimard, 2011. [Roman – prix Goncourt des lycéens.]

Au Moyen Âge, l'histoire de la jeune Esclarmonde, qui refuse le sort qu'on lui réserve en tant que fille du seigneur : elle ne veut pas se marier et fait le vœu de rester vivre cloîtrée dans un reclusoir [2] construit à côté de la chapelle du château…

– ***La Tresse*** **de Laetitia Colombani**, Grasset, 2017. [Roman – prix Relay des Voyageurs.]

Récit entremêlé du destin courageux de trois femmes – en Inde, en Italie et aux États-Unis… Liées sans le savoir par ce qu'elles ont de plus intime et de plus singulier, Smita, Giulia et Sarah refusent le sort qui leur est réservé et décident de se battre…

– ***Le Bal des folles*** **de Victoria Mas**, Albin Michel, 2019. [Roman – prix Renaudot des lycéens.]

À la fin du XIXe siècle, le destin de femmes victimes d'une société masculine qui leur interdit toute déviance et les emprisonne à la Salpêtrière, lieu des expérimentations du neurologue Charcot.

1. *Persepolis* a été adapté en long métrage d'animation par Vincent Paronnaud et Marjane Satrapi elle-même, et a obtenu en 2007 le prix du jury du Festival de Cannes.

2. **Reclusoir** : petite cellule que l'on aménageait auprès de certaines églises, au Moyen Âge, et dans laquelle s'enfermaient des femmes renonçant au monde.

SUJET D'ENTRAÎNEMENT

Commentaire guidé

Relisez le chapitre [16] (p. 93-94), puis répondez aux questions suivantes pour élaborer votre commentaire.

Problématique : comment cet extrait montre-t-il qu'un destin funeste et violent domine les hommes et les femmes ?

I. La tragédie de la mort donnée

A. Amir et la mort

1. Montrez que, dès le début de l'extrait, Amir est associé à la mort.

2. Quelle figure de style utilisée pour désigner la mort renforce cette association ?

B. La marche implacable de la mort

3. Quels sont les temps qui soulignent la dimension inexorable de la mort ?

4. Relevez les passages qui montrent la progression rapide de la mort.

II. Un monde de violence

A. L'omniprésence de la guerre

5. Relevez le champ lexical de la guerre.

6. Où se déroule la guerre à laquelle participe Amir ?

B. Une violence qui dénature tout

7. Quelles sont les conséquences de la guerre sur Amir ?

8. Quel événement heureux est contaminé par le conflit ? Sur quelle figure de style repose l'expression qui le désigne ?

III. La dénonciation de la condition des femmes

A. Un double inversé de la narratrice

9. Quel est le point commun entre Baneen et la narratrice ? Cette situation engendre-t-elle une solidarité féminine ?

10. En quoi ces deux femmes s'opposent-elles ? Relevez une antithèse qui le souligne.

B. Une autre victime des hommes et de la tradition

11. Quel tableau concret de la condition des femmes se dessine à travers la description de l'univers de Baneen ?

12. Relevez dans le dernier paragraphe une métaphore et une gradation qui se rapportent à Baneen. Que disent-elles de la place réservée aux femmes dans la société patriarcale où vivent Baneen et la narratrice ?

GLOSSAIRE

Termes d'analyse littéraire

ADJUVANT : dans le schéma actantiel d'un récit, personnage dont la fonction est d'aider celui qui accomplit l'action.

ANALEPSE : retour en arrière, récit d'une action qui appartient au passé.

APOLOGUE : court écrit en prose ou en vers chargé d'illustrer une leçon morale.

ARGUMENT : dans un raisonnement, raison avancée pour justifier et défendre la thèse.

ARGUMENTATION DIRECTE : texte dans lequel le locuteur expose sa thèse de manière explicite. Lorsque la thèse est implicite et contenue dans un récit, on parle d'**ARGUMENTATION INDIRECTE**.

AUTEUR : personne qui produit une œuvre et qui en assume la responsabilité en la signant.

AUTOBIOGRAPHIE : récit qu'une personne réelle fait de sa propre existence.

BIOGRAPHIE : récit qui a pour objet l'histoire d'une vie en particulier.

CADRE SPATIO-TEMPOREL : désigne les lieux et l'époque où l'action se déroule.

CONVAINCRE : employer une stratégie argumentative qui consiste à faire appel à la raison, aux facultés d'analyse et de raisonnement du destinataire pour obtenir une adhésion réfléchie.

DÉLIBÉRATION : examen d'une question dont on pèse le pour et le contre.

DÉNOUEMENT : résolution des conflits qui font le nœud de l'action au théâtre ou dans un récit.

DESTINATAIRE : personne à qui s'adresse le locuteur dans un texte argumentatif.

DISCOURS : texte destiné à être prononcé oralement devant un public que l'orateur doit captiver, émouvoir et convaincre.

ELLIPSE : portion du temps de l'histoire que le récit passe sous silence.

ÉLOQUENCE : manière de s'exprimer par le langage avec aisance et habileté.

ÉPOPÉE : récit de style élevé où la légende se mêle à l'histoire pour célébrer un héros ou de grands faits.

ESSAI : ouvrage de réflexion qui développe une argumentation construite, plus ou moins subjective, sur un sujet donné.

FOCALISATION : point de vue adopté par le narrateur pour rapporter son récit ; elle peut être externe (le narrateur reste extérieur aux personnages et aux événements), interne (le narrateur se place à l'intérieur de la conscience d'un personnage) ou omnisciente (le narrateur peut tout dire des événements et des pensées des personnages).

IDENTIFICATION : mécanisme psychologique par lequel on se met à la place du héros des aventures que l'on est en train de lire.

INCIPIT : première page d'un livre, début d'un récit.

INTRIGUE : enchaînement des événements dans un récit de fiction.

IRONIE : figure, ton ou registre qui consiste à faire entendre le contraire de ce qu'on dit pour critiquer ou attaquer.

LITTÉRATURE D'IDÉES : tout type d'écrit qui met les ressources de la littérature au service d'une argumentation.

LOCUTEUR : celui qui exprime son opinion dans un texte argumentatif.

MANIFESTE : texte théorique dans lequel un auteur, ou un groupe d'auteurs, expose et défend ses idées et ses principes esthétiques.

MERVEILLEUX : registre des textes qui font intervenir des êtres et des événements surnaturels.

MYTHE : récit légendaire destiné à expliquer l'origine du monde ou les grands problèmes de l'humanité.

NARRATEUR : dans un récit, celui qui raconte l'histoire. C'est en général un personnage imaginaire, distinct de l'auteur.

NARRATION : façon de raconter, de faire le récit d'une histoire.

OPPOSANT : actant hostile à l'action du héros.

PAMPHLET : court écrit qui attaque avec violence une personne ou une institution.

PARABOLE : récit symbolique sous lequel se cache un enseignement moral ou religieux.

PARADOXE : proposition qui va à l'encontre de ce qu'on attend habituellement.

PÉRIPÉTIE : retournement de situation.

PERSUADER : employer une stratégie argumentative qui consiste à agir sur les sentiments du destinataire pour obtenir une adhésion spontanée.

Plaidoyer : défense d'une personne, d'une cause, d'une idée ou d'un mouvement.

Polémique : violent débat politique ou intellectuel.

Question rhétorique : figure de style qui consiste à énoncer une affirmation sous la forme d'une question, qui n'attend pas de réponse.

Récit : texte narratif racontant un événement ou une histoire composée d'une série d'événements.

Réfutation : partie du discours où l'on démonte les arguments de la thèse adverse.

Registre : effet produit par le texte sur le lecteur à l'aide de certains thèmes ou procédés (il existe les registres fantastique, comique, pathétique, épique...).

Réquisitoire : discours écrit ou oral en principe véhément par lequel on attaque une personne, une institution ou une réalité sociale.

Rhétorique : art de bien dire et de bien parler ; ensemble des procédés employés pour produire un énoncé convaincant.

Schéma narratif : succession logique d'actions qui comporte traditionnellement une situation initiale, un élément perturbateur, des péripéties, un élément de résolution et une situation finale.

Style direct/indirect : types de discours ; les paroles ou les pensées peuvent être rapportées directement entre guillemets, ou indirectement à l'aide de subordonnées.

Thème : sujet d'un texte, matière d'un discours contenu dans une œuvre.

Thèse : idée, opinion, position défendue ou réfutée dans un texte argumentatif.

Utopie : représentation d'un pays imaginaire qui incarne un idéal politique ou social.

ENTRETIEN AVEC EMILIENNE MALFATTO

Vous êtes journaliste et photoreportrice : comment en êtes-vous arrivée à exercer ce métier ?

Par hasard. J'ai découvert le métier en Colombie quand j'avais une vingtaine d'années. C'est sur le terrain que j'ai compris que je voulais exercer cette profession. Ensuite, d'autres hasards, des gens qui m'ont fait confiance, comme ce chef de bureau, à l'AFP, qui m'a envoyée pour la première fois en Irak, en 2014. Et puis des décisions radicales, des paris, devenir freelance. C'est une route sinueuse mais indubitablement passionnante.

Pour vous, quel est le rôle d'une photoreportrice ?

Une photoreportrice est une témoin et une raconteuse d'histoires. Elle témoigne de ce qui se passe, donne à voir ce qu'elle voit sur le terrain. Et, dans le même mouvement, elle raconte des histoires en images. Il faut entraîner, intéresser les gens, les toucher au niveau esthétique, informatif et bien sûr émotionnel.

Est-ce un atout d'être une femme pour exercer ce métier, surtout dans des zones de guerre ?

Oui, du moins dans mon expérience. Plus particulièrement au Moyen-Orient : être une femme donne accès au monde «des femmes», qui serait fermé à un homme. Et, ayant un statut hybride, on a également accès au monde des hommes. Autre chose qui fait une vraie différence : parler la langue du pays où on travaille.

Vous êtes une photographe qui écrit. L'image et les mots ont-ils des pouvoirs différents ?

Une photographe qui écrit ? Une écrivaine qui photographie ? Les étiquettes importent peu. Photographe, photojournaliste, journaliste, écrivaine… toutes ces casquettes me conviennent et je pense qu'elles s'enrichissent mutuellement. Quant au «pouvoir» de l'image ou des mots, je ne me pose pas la question. La décision est spontanée et naturelle: certaines histoires se racontent en mots, d'autres en images. C'est une question de ressenti, presque d'instinct.

Pour quelles raisons êtes-vous passée du reportage à la fiction, avec* Que sur toi se lamente le Tigre *?

Je n'ai pas fait le choix de la fiction. Je dirais plutôt que la fiction m'est tombée dessus alors que je ne m'y attendais pas du tout. La fiction donne, par définition, plus de liberté à l'autrice. On devient un petit démiurge, un peu comme dans un théâtre de marionnettes. On peut aussi faire passer d'autres choses par le biais de la fiction, car on est détachée de l'exigence du réel.

Vos travaux photographiques, journalistiques et littéraires semblent souvent guidés par la volonté de témoigner de la condition des femmes dans le monde. Pourquoi ?

Je suis féministe. Mais il n'y a pas de volonté systématique de ma part de témoigner de la condition des femmes – elles sont d'ailleurs totalement absentes de mon prochain roman. Je pense toutefois que la condition des femmes est un prisme fascinant et très révélateur pour évoquer aussi d'autres aspects des sociétés. C'est un thème qui m'intéresse au même titre que de nombreux autres.

L'intrigue de* Que sur toi se lamente le Tigre *se déroule en Irak, pays où vous avez travaillé, où vous vous êtes installée et où vous séjournez encore souvent. Qu'aimez-vous dans ce pays en particulier ?

Beaucoup de choses. Les Irakiennes et les Irakiens, déjà, qui en général sont absolument adorables, d'une grande hospitalité et d'une gentillesse extrême. Et puis le côté «boule à facettes» de ce pays, où plusieurs réalités très différentes coexistent. C'est un territoire extrêmement dur, mais aussi fascinant et attachant.

« Une photoreportrice est une témoin et une raconteuse d'histoires »

Riche en contrastes, le récit de* Que sur toi se lamente le Tigre *se présente sous une forme originale, composée de monologues qui évoquent le théâtre, entrecoupés par la voix du Tigre. Pourquoi avoir choisi cette forme ?

Ce roman m'est « tombé dessus » et j'ai presque eu la sensation de le prendre en dictée durant toute l'écriture, qui a été extrêmement rapide et impulsive. Je n'ai pas la sensation d'avoir choisi grand-chose, la forme s'est vraiment imposée à moi.

Je pense néanmoins que ces contrastes sont à l'image de l'Irak. Pays de grande violence dans les dernières décennies mais également terre de poésie. Berceau de la civilisation mais également en proie à des forces conservatrices

« Ce roman m'est *tombé dessus* »

Ceci étant dit, je perçois a posteriori le Tigre comme une sorte de chœur antique, de coryphée. Il est le témoin de la tragédie qui se joue sur ses bords, il est aussi le rappel du temps long de la Mésopotamie.

Vous insérez dans le récit des extraits de l'*Épopée de Gilgamesh *et votre titre est tiré d'un de ses vers : qu'est-ce qui relie cette œuvre légendaire, qui date de 2 000 avant notre ère, à une intrigue ancré dans un monde très contemporain ?

Un peu comme le Tigre, les extraits de l'*Épopée* relient l'histoire au temps long de l'Irak, de la Mésopotamie. Et puis ce texte – un des premiers écrits dont on ait trace – ne parle que de la mort, de la peur de la mort. Pour résumer très prosaïquement, l'histoire de Gilgamesh c'est l'histoire d'un personnage qui fait une crise existentielle en prenant conscience de sa condition de mortel. Des millénaires plus tard, on en est toujours là.

Vous avez reçu le 4 mai 2021 le prix Goncourt du premier roman pour* Que sur toi se lamente le Tigre *: qu'est-ce que cette prestigieuse récompense représente pour vous ?

C'est évidemment un immense honneur et une très grande joie. C'est aussi un peu surréaliste – « Goncourt», c'est un mot qui pèse très lourd, qui impressionne. Je n'aurais jamais imaginé cela. ■

MA FICHE DE LECTURE

Fiche de lecture sur :

....

Un livre écrit par :

....

Ma couverture :

Le livre en une phrase :

....

....

....

Les citations qui m'ont marqué(e) :

Un mot que j'ai appris en lisant :

Un livre / un film / un tableau / un morceau de musique auquel cette lecture m'a fait penser :

Mon avis personnel sur le livre :

Mon verdict sur 5 étoiles :

Cet ouvrage a été mis en pages par

<pixellence>